过于喧
的 孤

[捷克]博胡米尔·
杨乐云——译

Příl
hluč
samo

Bohumil Hrabal

北京出版集团公司
北京十月文艺出版社

我为写这本书而活着，并为写它而推迟了死亡。

只有理解他人，才可能理解自己。

生活，在任何地方都要不惜代价参与生活。

他们一刻也没有失去生活，没失去
对生活的幻想，而我则对他们深深地
鞠躬，因为他们常常在笑和哭.

他们善于从艰难生活中找到快乐……

善于幽默，哪怕是黑色幽默来极大地

装饰身边的每一天，甚至那些最悲惨的日子。

我想要一个女儿，一个诞生在啤酒泡沫中的女儿……我要是真有个女儿的话，那我至少要用啤酒给她施洗礼，头一年我只用啤酒给她洗澡……

CONSUL
Tatra

这时期，一心只盼着星期六、星期日
从布拉格回到宁城来，最理的是在这两天，
啤酒厂的办公屋很安静，我可以用这屋的
打字机打两天字，写下我从布拉格
带回来的第一个句子，然后我伸出十个指头
等它们出下面的句子来。

我发现，我写作实际上为了所有普通的人，

所有我所遇到并彼此倾心交谈的人。

目 录

唯独太阳有权利身上带着斑点。

——歌 德

1

三十五年了，我置身在废纸堆中，这是我的Love story[1]。三十五年来我用压力机处理废纸和书籍，三十五年中我的身上蹭满了文字，俨然成了一本百科辞典——在此期间，我用压力机处理掉的这类辞典无疑已有三吨重，我成了一只盛满活水和死水的坛子，稍微侧一侧，许多蛮不错的想法便会流淌出来。我的学识是在无意中获得的，实际上我很难分辨哪些思想属于我本人，来自我自己的大脑，哪些来自书本，因此三十五年来我同自己、同周围的世界相处和谐，因为我读书的时候，实际上不是读，而是把美丽的词句含在嘴里，嘬糖果似的嘬着，品烈酒似的一小口一小口地呷着，直到

1 英语：爱情故事。

那词句像酒精一样溶解在我的身体里，不仅渗透到我的大脑和心灵，而且在我的血管中奔腾，冲击到我每根血管的末梢。每一个月，我平均用压力机处理两吨重的书籍，为了找到足够的力量来从事这项神圣的劳动，三十五年中我喝下的啤酒就是灌满一个五十米长的游泳池、一大片圣诞鲤鱼的养鱼塘也绰绰有余了。我在无意中有了学问，现在我确知我的大脑是一堆被压力机挤压得严严实实的思想，一大包观念，我掉光了头发的脑袋是灰姑娘的核桃[1]。我相信在那样的时代，当一切思想都只记载在人的脑海中时必定格外美好，那时倘若有人要把书籍送进压力机，他就只得放入人的脑袋，然而即使这样也无济于事，因为真实的思想来自外界，犹如容器里的面条，人只是随身携带着它而已。因此全世界的柯尼阿什[2]们焚书是白费力气，如果书上记载的言之有理，那么焚烧的时候便只会听到书在窃笑，因为一本地道的好书总是指着别处而溜之大吉。我买过一个计算器，能加减乘除，还能开方，一个不比小皮夹大多少的小玩意

1 根据《灰姑娘》童话，仙女从一只核桃中给灰姑娘变出了美丽的衣裙。

2 柯尼阿什（1691—1760），捷克狂热的耶稣会传教士，反基督教改革运动的代表，曾焚毁捷克书籍三万余册。

儿。我曾壮着胆子用改锥撬开它的后盖，不胜惊异地发现，里面除了邮票般大、十张书页那么厚的一个小方块之外，便只有空气了，满载着数学变化的空气。当我的目光落在一本有价值的书上，当我一行行阅读这些印刷的文字时，这书留下的也唯有非物质的思想而已，这些思想扑扇着翅膀在空气中飞，在空气中滑翔，赖空气生存，回归于空气，因为归根结底一切都是空气，正像教堂里的圣餐，既是基督的血又不是。三十五年来我处理废纸和书籍，而我生活在一个已有十五代人能读会写的国土上，居住在过去曾经是王国的地方，在这里，人们过去和现在都有一种习惯，一种执着：耐心地把一些思想和形象压进自己的头脑，这给他们带来难以描述的欢乐，也带来更多的痛苦，我生活在这样的人民中间，他们为了一包挤压严实的思想甘愿献出生命。现在这一切都在我的身上重演，三十五年来我按动这台机器的红色和绿色电钮，三十五年来我喝着一杯又一杯的啤酒，不是为了买醉，我憎恶醉鬼，我喝酒是为了活跃思维，使我能更好地深入到一本书的心脏中去，因为我读书既不是为了娱乐，也不是消磨时光，更不是为了催眠。我，一个生活在已有十五代人能读会写的国土上的人，我喝酒是为了让读到的书永远使我难以入眠，使我得了颤抖症，因为我同黑格尔的观点是一致的：高贵的人不一定是贵族，罪犯不一定是凶手。如果我会写作，我要写一本论及人的最大幸福和最大不幸的书。通过阅读，我从书本中认识到天道不仁慈，一个有头脑的人因而也不仁慈，并非他不想仁慈，而是这样做违背常情。珍贵的书籍经过我的手在我的压力机中毁灭，我无力阻挡这源源不断、滚滚而来的巨流。我只不过是一个软心肠的屠夫而已。书教会了我领略破坏的乐趣，我喜欢滂沱大雨，喜欢爆破队，我常常一站几个小时，观看爆破专家们怎样像给巨型轮胎打气似的以一个协调的动作把一排排屋宇、一条条街道炸毁，那起爆的时刻总使我百看不厌，所有的砖头、石板、梁木统统被举了起来，房屋随即像件衣裳似的静静地坍塌，犹如远洋轮船在锅炉爆炸之后迅速沉入海底。我站在铺天盖地的尘埃中，倾听着爆炸的乐曲，心里想着我在深深的地下室里的工作，那里有一台压力机，我在它的旁边，在几盏电灯的照明下工作了三十五年，我听得见上面院子里来往行人的脚步声，地下室的天花板上开了一个洞，形形色色的东西有如天上撒下的丰饶角[1]从这个洞口落下来，一只只大袋、一个个木箱或纸箱搬到洞口，倾倒下来的物品中有花店买来现已枯萎的花枝、批发店的包装纸、旧节目单和废车票、裹冰棍和冰淇淋的纸、溅着绘画颜料的废纸、屠宰场送来的大批湿漉漉血污斑斑的包肉纸、照相馆切削下来的扎手的尖角儿、办公室字纸篓的废纸和打字机色带、庆贺生日和命名日的花束，有时倒下来的报纸中卷着一块铺路的大鹅卵石，这是为了过磅时增添一点分量。此外，还有误扔的剪刀、锤子和起钉器、肉店的砍肉刀和残留着咖啡渣的杯子，不时还有枯萎了的婚礼上的花束以及葬礼上的色彩鲜艳的纸花圈。三十五年来我用压力机把这些东西轧碎，打成包，每周三次有卡车开来把包运走，送到火车站，由火车运往造纸厂，在那里工人们剪断捆包的铁丝，把我的劳动果实倒入碱和酸的溶液中，其强度足以溶化那些总是割破我手指的刮脸刀。然而，正如流经工厂区的浑浊河水中偶尔会有美丽的小鱼闪现一样，在这废纸的长河中不时也会有珍贵书籍的书脊放出夺目的光彩，我的眼睛被它耀得发花，我朝别处望

1　象征丰饶的羊角。根据希腊神话，自然女神阿玛尔忒亚的羊角具有立刻装满它主人所希望得到的任何东西的魔力。

了片刻，然后才迅速把它捞出来，先在围裙上抹抹，翻开书页闻闻它的香味，这才像读荷马预言似的读了第一句，它牢牢地吸引住了我的视线。之后我把它收藏在一只小箱子里，同我发现的其他珍贵书籍放在一起，小箱子里铺了许多圣像画，是不知什么人连同一些祈祷书误扔进地下室的。后来，这成了我的弥撒，我的宗教仪式，这些书我不仅每一本都仔细阅读，而且读过之后还在我打的每个包里放进一册，因为每个包我都要给它装饰打扮一番，必须让它带着我的个性，我的花押。要让每个包都具有特色可是件煞费脑筋的事情，为此我每天在地下室得多干两个小时，提早一个钟点上班，有时连星期六也得赔上，把永远堆积如山的废纸送进机器，打包。上月，有人送来三千六百公斤绘画大师的复制品，扔进地下室，六百公斤浸透了水的伦勃朗、哈尔斯、莫奈、克里木特、塞尚，以及欧洲其他绘画巨匠的作品，我于是在每个包的四周裹上一幅名画的复制品。到了傍晚，当这些包整齐地堆放在升降梯旁边等待运走时，它们身上裹着的美丽画幅使我怎么也看不够。瞧，这张《夜巡》，这幅《萨斯基亚像》，这幅《草地上的午餐》，这张《缢死者之家》，这张《格尔尼卡》。另外，在这个世界上，唯有我知道每一包的中心还藏着一本名著，这个包里是翻开的《浮士德》，那个包里是《唐·卡洛斯》[1]，这儿，裹在臭烘烘的纸张中、封皮染有血污的是《许佩里翁》[2]，那儿，装在旧水泥袋里的是《查拉图士特拉如是说》。因而，这个世界上唯有我知道，哪个包里躺着——犹如躺在坟墓里——歌德、席勒，哪个包里躺着荷尔德林，哪个包里是尼采。从某种意义上说，我既是艺术家又是观众，为此我每天都搞得疲惫不堪，身上擦破了皮，划了口子，累得要休克。为了缓解和减轻一些这巨大的体力消耗，我一杯接一杯地喝啤酒，上胡森斯基酒店打啤酒的时候，一路上我有足够的时间琢磨、幻想下一个包该是什么样。我灌下那么多的啤酒，为的是更清晰地看到前景，因为我在每一个包里藏了一件珍贵的遗物，一口没有盖的儿童小棺材，撒满了枯萎的花朵、碎锡纸角、天使的头发，我给书籍铺了一张舒适的小床，它们像我一样莫名其妙地来到了这间地下室。因此，我干活老是完不成任务，院子里的废纸堆得山一般高，都顶到天棚了，从洞口倒进我地下室的废纸也堆积如山，同院子里的那座山连接了起来。因此主任有时用铁钩扒

1 德国诗人、剧作家席勒（1759—1805）的名剧。

2 德国诗人荷尔德林（1770—1843）创作的著名小说。

开洞口，脸气得通红朝我叫嚷：汉嘉，你在哪儿？看在上帝的份儿上别那么两眼死盯在书上啦，你得干活！院子里都动不了窝啦，可你还在下面做糊涂梦，干蠢事，玩方块儿！我缩着身子躲在纸山脚下，犹如亚当缩着身子躲在灌木丛里[1]。我手里攥着一本书，睁大惊恐的眼睛望着另外一个世界，不是我刚才置身于其中的世界，因为我只要一捧起书，我就完全进入了书中的天地，对此我自己也感到惊讶，我不得不惭愧地承认，我确实在梦境中，在一个美丽的世界，在真理的中心。每天有十次我会猛然惊醒，奇怪自己怎么这样走神儿。下了班我也是心神不定，掉了魂似的走回家去，一路上默不作声，深深地沉浸在冥思苦想之中。我穿过街道，绕过电车汽车，走在书的云雾中，这些书是我当天发现的，我把它们放在皮包里带回家，我梦游人似的在绿灯下过了马路，下意识地，却也没有撞在电线杆或行人身上，我只是迈动两条腿走着，身上泛出一股啤酒和污垢的臭味，但我脸上含笑，因为皮包里装着我晚间要读的书，期望着它们将会告诉我迄今我尚不了解的有关我自己的一些事情。我在

1　亚当违背上帝的命令吃了伊甸园的禁果，知道自己赤身露体，因此上帝来时便躲在树丛中。详见《圣经·创世记》。

喧闹的街道上走着，从没有闯红灯，我善于在无知觉的下意识里，在半睡半醒的状态中，在下意识的鼓舞中行走。我一天里打出的包一一在我心中轻轻地、静静地隐没，而我确确实实感觉到自己是一个打成的包。在我心里有一盏小小的羯摩灯，瓦斯冷却器中的小火苗，一盏永恒的小油灯，每天我把思想的油注入这盏灯，是我劳动时不由自主地从书籍中，就是我装在皮包里带回家去的书籍中读到的思想。因此，我走回家去有如一座燃烧的房子，有如燃烧的马厩，生命之光从火焰中升起，火焰又从木头的死亡中产生，含有敌意的悲痛藏在灰烬的下面。三十五年来我用压力机处理废纸，再过五年我将退休，到时候这台机器将随我一起退休，我不会撂下它的，我积攒了钱，为这台机器另立了一个存折，我将和机器一同退休，因为我将买下它，把它带回家，安装在舅舅的花园里，放在树丛中。唯有到那时候，在花园里，我才每天只打一个包，但它将比现在的大好几倍，宛如一尊雕像，一个庞然大物，我将把我年轻时所有的幻想，我掌握的一切知识，三十五年来我从工作中和通过工作学到的一切统统放进包里，因此唯有退休之后，我才在心中有所触动、在灵感到来的时候干活，每天只打一个包，用我家里现有的超过三吨重的书籍。这个包将不会让我为它感到羞愧，它将是我事前经过充分想象、经过深思熟虑之后才着手制作的。不仅如此，我将把书本和废纸整齐地排列在机槽里，在进行这项美的创造时，在按动电钮之前，我将撒下五彩纸屑和金属小圆片儿，每天制作一个包，一年后在花园里举办展览会，展览期间每一位参观者都将获准亲自制作一个包，但必须在我的监督下进行。当绿色电钮按下，压板在他面前推动并以无比巨大的力量把装饰着书籍和鲜花的废纸，以及他带来的各种废物压碾、挤紧时，敏感的旁观者就会有一种自己在这机器里被压碾的感觉。此刻我已坐在家里，天快黑了，我坐在小凳子上，脑袋垂得越来越低，最后滴着口水的嘴巴触到了膝盖。我总是这样坐着打瞌睡，有时我用这种索涅特[1]曲木椅的姿势睡到午夜，当我一觉睡醒抬起头来时，裤腿上的膝盖部位已被我的口水弄湿了一大块，因为我身体蜷缩着，蜷作一团，犹如冬天的猫，犹如摇椅上的一根弯曲的木头。因为我有幸孤身独处，虽然我从来并不孤独，我只是独自一人而已，独自生活在稠密的思想之中，因为我有点儿

1　索涅特（1796—1871），家具生产工业化的先驱，他设计和生产的曲木椅闻名世界。

狂妄，是无限和永恒中的狂妄分子，而无限和永恒也许就喜欢我这样的人。

2

三十五年来我处理废纸，在这期间废品收购员扔进我这地下室的珍贵书籍，其数量之多，倘若我有三座谷仓，也能装得满满当当。第二次世界大战刚结束的时候，有人给我倒下来一筐书，当我激动的心情稍稍平静下来，拿起一本看时，只见书上盖着普鲁士王家图书馆的图章，第二天又倒下来许多皮面精装书，书边和书名在空中闪着金光。我连忙奔到上面，看见那儿站着两个年轻人，从他们口中我得知在斯特拉谢齐的一座谷仓里，有大批书籍藏在干草堆中，让人看了会眼花缭乱。我通知了军队的图书管理员，我和他一同到了斯特拉谢齐，在田野里我们找到了不止一座而是三座堆满普鲁士王家图书馆藏书的谷仓。我们又惊又喜地看了一会儿，当即商定由军车前来运走。军车一辆接一辆，整整花了一周时间才把这些书运到了布拉格，存放在外交部的一排侧屋里，打算等局势稳定以后物归原主。可是这一安全隐蔽点被人泄露了，消息传了出去，普鲁士王家图书馆藏书被宣布为战利品，于是大卡车又把这些烫了金边和金字的皮面精装书运到火车站，装进敞篷车。那一阵子正值天天下雨，整整一周大雨哗哗地下，当最后一辆卡车拉来的最后一批书装上车，火车启动了，驶进倾盆大雨之中，敞篷车一路滴着金色的水，掺和着煤烟和油墨。我站在那里，身体靠在大理石上，被目睹的景象惊呆了，当最后一节车皮在雨中消失了时，我脸上的雨水已和泪水一起流淌。我走出车站，看见一名身穿制服的警察，于是我双腕交叉走到他面前，真诚地央求他给我戴上手铐，戴上利本人叫作“手镯”的铐子，把我送往公安局，因为我犯了罪，犯了反人道主义的罪行。警察把我带到了公安局，在那里他们不仅嘲笑了我，并且威胁说要把我关进牢房。几年以后又遇到了这种情况，但我开始习以为常，我把从各个城堡和大宅邸拉来的成套成套的藏书，漂亮的、用牛皮或山羊皮做封面的精装书，装上火车，装得满满的，装到三十车皮时，整辆火车便携带着这些书驶往瑞士、奥地利，一公斤精美的书籍售价一外汇克朗，对此没有人表示异议，也无人为此伤心落泪，连我也不再落泪，我只是站在那里，微笑着，望着渐渐远去的车尾，列车把这些精美的书籍运往瑞士、奥地利，每公斤售价一外汇克朗。那时候我已在内心找到了力量，使我能目睹不幸而漠然处之，克制自己的感情，那时候我已开始懂得目睹破坏和不幸的景象有多么美。我继续一车皮一车皮地装书，火车一列列开出车站，驶往西方，一公斤一外汇克朗。我呆呆地望着，望着远去的车尾铁钩上挂着的红灯，我身子靠在一根电线杆上站在那里，跟达·芬奇一样，他也曾靠在一根柱子上站在那儿，呆望着法国兵怎样把他的一尊骑士像当作练习射击的靶子，一节一节地把马和骑士摧毁。达·芬奇那次也像我一样站在那儿用心地、满意地观看这可怕的一幕，因为达·芬奇当时已经认识到天道不仁慈，因而有头脑的人也不仁慈。那时候，我得到了母亲病危的消息，便急忙蹬上自行车赶回家去。由于口渴，我走下地窖子，从地上捧起一罐凉爽可口的酸牛奶贪婪地喝了起来。突然我看到，就在我眼睛前面，两只眼睛在石罐中的液体表面浮动，可是我太渴了，只顾喝着，那两只眼睛已出现在我的眼睛近旁，近得危险了，犹如黑夜驶出隧道的火车头上的两盏灯。后来那双眼睛不见了，我的嘴里却含着个什么活东西。

我捉住它的一条腿从嘴里拽出来，原来是一只青蛙，正扭动着身子拼命挣扎。我提着它送到园子里，然后返回地窖子，若无其事地喝完了那罐酸牛奶，像达·芬奇一样。母亲去世后，我心里在哭泣，但没有掉一滴眼泪。走出火葬场时，我看见烟囱里冒出的烟在升上天空，我的母亲美丽地升天了。在废纸收购站地下室工作已有十年之久的我，走下火葬场的地下室，自我介绍说，我是一个以同样方式处理书本的人。我在那儿等候着，焚化结束后，我看到同时焚化的有四具遗体，我母亲的在第三格。我一动不动地注视着人最后留下的这点儿物质，我看到工作人员怎样把骨头捡出来，用一个手推磨盘磨碎。我母亲也被放在手推磨里磨碎，然后将她最后剩下的这点儿灰放进了一只金属罐。我只是站在那儿呆呆地看着，就跟看着装满精美图书驶往瑞士和奥地利的火车渐渐远去一样，一外汇克朗一公斤的图书。我默默地思索着桑德堡[1]的诗句：人最终留下的不过是够做一匣火柴的那点儿磷和充其量也只够造一枚成年人可以用来上吊的蚂蟥钉的那点儿铁。一个月后，我签字领回了母亲的骨灰

1 桑德堡（1878—1967），美国诗人。

罐，我把它送去给舅舅。当我捧着它走进舅舅的花园，来到他的信号塔时，舅舅喊叫道:啊，姐姐，你到底回来啦！我把骨灰罐交给他，他托在手里掂了掂，一口断定他的姐姐绝不止这点儿分量，因为她活着的时候体重有七十五公斤哩。他坐下来计算了一阵，把骨灰罐过了秤，说我母亲的骨灰还应多五十克。他把骨灰罐安顿在小柜子上。有一年夏天，他挖甘蓝时忽然想起他的姐姐，也就是我的母亲，最喜欢甘蓝，于是他捧来骨灰罐，用罐头刀把它撬开，撒了一些母亲的骨灰在种甘蓝的泥土里，后来长出的甘蓝我们吃了。那时候，当我开动机器处理那些美丽的图书，当机器哐啷作响，最后以二十大气压的重力把图书轧碎时，我仿佛听到了人骨被碾碎的声音，古典名著在机器中被轧碎恰似头颅骨和骨骼在手推磨中碾磨一样，我仿佛在轧碎犹太教法典中的词句：我们有如橄榄，唯有被粉碎时，才释放出我们的精华。粉碎程序之后我开始捆包，我把铁索穿进堆里，用钎子抽紧，捆成一个包，然后按动红色电钮。轧碎的书本还想挣脱捆绑，但钢铁枷锁坚固异常，我看到一个被捆绑的巨人胸脯绷得紧紧的，再吸一口气锁链就会断裂，但是铁索把那个包牢牢抱住，一切在它们的怀抱里静了下来，恰像在骨灰罐里一样。我把这驯服了的包推到已打好的其他包旁边，排列整齐，让那些绘画复制品全部面向着我。这一周我开始使用那上百张的伦勃朗·范·赖恩的复制品，上百张这位老画家的肖像，皱皱巴巴的蘑菇脸，一位被艺术和酗酒驱赶到了永恒之门门边的人，他看到门把手在转动，一个陌生人正从外面推开这最后一扇门。我也开始有了一张他那样的脸，活像一块做千层饼的生面团，像泥灰剥落、尿水浇透的墙面，我也开始像他那样痴呆地傻笑着，开始从纷繁世事的另一面观看这个世界。今天，我打的每个包都装饰着伦勃朗·范·赖恩老先生的肖像，我把废纸铲进机槽，放进翻开的书籍，今天我头一次意识到我已完全不理会是否铲进了小耗子，一窝窝的小耗子，当我把尚未睁眼的初生幼鼠铲进机槽时，母耗子便会紧追着它们蹿进槽里，守在它们身边，从而同废纸和经典著作共了命运。没有人会相信，在这类地下室里耗子的数量多么惊人，也许有二百，也许五百，这些喜欢和睦共处的耗子，出生时眼睛大多是半瞎的，但它们和我有一个共同的特点，那就是也靠文字活命，尤其喜欢羊皮面的歌德和席勒的作品。因此，在我的地下室，经常是到处有一双双眨巴的眼睛，到处可以听到啃啮书本的声音。小耗子空闲时像小猫一样淘气，它们沿着槽边和横轴爬上爬下，当绿色电钮按下，机槽的四壁把废纸和耗子一股脑儿挤压碾碎，当槽里耗子的尖叫声渐趋微弱时，地下室里的其他耗子便会骤然变得神情严肃，它们用后腿站立起来竖着耳朵谛听，想分辨那是什么声音，但这些耗子都有事后立刻遗忘的特点，它们随即便又玩了起来，接着啃啮图书，越是古老的书，纸味就越香，犹如保存得很好的陈奶酪、窖存多年的老陈酒。我的生活同耗子已结下不解之缘，每天傍晚我用水龙浇水，把山一般高的废纸堆上上下下浇得湿透，整个地下室活像在水池子里浸了一下似的，这些耗子因而每天都会浑身淋湿，但是，即便我把水柱劈头盖脸地往它们身上猛浇一阵，它们也始终显得很愉快，甚至期待着这场淋浴哩，浴后便长时间地舔身子，躲在废纸堆中它们的小窝里取暖。有时候，这些小耗子已使我无可奈何，我去买啤酒，一路上沉浸在自己的思绪中，站在售酒柜台旁也像在梦中一样，神思不定地解开外衣扣子摸钱付账，却不料一只耗子从我的外衣里蹿了出来，钻到啤酒泵筒的下面，有时我的裤管里接连跑出两只耗子，吓得女服务员疯了一样，纷纷爬到椅子上，手指塞在耳孔里冲着天花板尖叫，活像一个个都精神错乱了。我只是微笑着，冷漠地挥挥手走出了店门，脑海里只顾思考着下一个包该是什么样。三十五年了，我打出一个又一个包，我在日历上勾去一年又一年，一月又一月，一天又一天，直到我们一起退休，我的压力机和我一起退休。每天傍晚，我把书装在皮包里带回家，我在霍莱肖维采三楼的住所里到处都是书，堆得满满的，贮藏室和杂物间已容纳不下，厨房里也放满了，食品间和厕所也不例外，只剩下通往窗户和炉台的两条狭窄过道，厕所里留下的空间仅够我坐在马桶上，洗脸盆上面一米五的地方已搭起架子和榍板，堆满了书，直顶到天花板，五百公斤的书，我坐下或起立只要稍不注意，稍稍碰一下榍板，半吨重的书就会翻滚下来，砸到我的光屁股。可是，这里再也塞不进一本书了，我于是在卧室里，在两张并拢的床铺上方架了榍板，犹如搭了个天棚，上面码满了书，直码到天花板。三十五年来我带回了两吨重的书，当我躺在床上进入睡乡时，两吨重的书犹如两千公斤的梦魇压迫着我。有时当我在睡梦中翻身，或者两脚乱踢喊出了声时，我便不免惊恐地侧耳谛听，生怕书堆坍塌下来，因为只要我的膝盖稍稍碰一下，或者只要我痛苦地大喊一声，头上的一切便会雪崩似的倒塌，珍贵的书籍便会像丰饶角一样从天上撒落下来，落在我的身上，把我像虱子似的压扁。有时我不免想，这些书恐怕正在策划一个暗算我的阴谋吧，因为我每天在机器里要碾毙上百只无辜的耗子，我头上的书便准备给我来一个公正的报复，罪有应得嘛。我仰面躺在书的天幕下，这些书上的文字连接起来足有几公里长。我有点儿喝醉了，努力不去思索某些事情，极其不愉快的现实。有时，我们的看林人会浮现在我的脑际，有一次，他用一只翻过来的衣袖在房梁下面捉到了一只貂，他没有一刀结束它的性命，要那样倒也不错，公平合理嘛，因为它偷吃了小鸡，可是看林人却找来一枚钉子扎进这只貂的脑袋，然后把它放了，让它哀号着一个劲儿地在院子里东扑西撞，直至咽了气。我又想到，这事发生后过了一年，看林人的儿子开混凝土搅拌机时，一道电流打在他脑袋上，当场送了命。昨天我躺在这天棚下，忽然没来由想起了那位猎人。那年我们这里出乎人们意料地来了一只刺猬，小身体蜷成一个球，猎人说开枪打刺猬划不来，于是他削尖一根木棍扎进了刺猬的肚皮，每次他都采用这个办法来消灭刺猬，直到他得了肝癌卧床不起，在那些刺猬之后现在轮到他了，躺了三个月，缓慢地死去，身体蜷成一个球，肚子里长着肿瘤，心里充满了恐惧，直至咽气……每想到这些事我就心惊胆战，我尖起耳朵谛听，听着头上的书本怎样在制订一个复仇计划，这威胁我内心的安宁，我宁可坐在窗前的小凳子上打瞌睡，头脑里想象的一幕简直把我吓坏了，我想象倒塌的书落到床上，把我压在下面，从头盖到脚，然后压穿地板，乘电梯似的降到二层，再降到一层，最后坠到地下室。于是我断定我的命运就是如此，在工作中，从天花板上落下和倾泻到我头上的不仅有书本，而且有酒瓶、墨水瓶、订书器，它们像每晚在我头上摇摇欲坠的书籍一样，可以送了我的命，在最幸运的情况下也会把我砸成重伤。因此我住所中的达摩克利斯剑，我自己悬在厕所和卧室天花板下面的达摩克利斯剑，迫使我在家也跟在班上一样，不时拿着酒壶去打啤酒，仿佛要以此来阻挡那美丽的不幸似的。每周一次我去舅舅家，我要在他的大园子里找块地方，以便将来我和压力机一同退休时，把我的压力机安放在那里。要说积攒点钱退休时买下那台压力机，这个主意是舅舅想出来的，不是我。舅舅在铁路上干了四十年，管理道口的升降杆，后来专门看守信号塔，当了四十年的信号员，他跟我一样，四十年来除了上班没有任何别的事情能让他高兴。退休后，没有信号塔他无法生活，因此他用存款从边远小站买了一套信号装置，运到自己的园子里，在那儿盖了一间屋，安装上那套设备。他有几个当过火车司机的伙伴，也都退了休，他们从废品站买下一台小机车，奥贺兰斯登—柯贝尔牌的，原是冶炼厂用以拉箕斗和平板车皮的。他们还从废品站买了小铁轨和三节平板车皮，就这么在那古老的园子里、在树丛中弯弯曲曲铺设了铁轨，每逢星期六和星期天，他们给这台奥贺兰斯登—柯贝尔牌的机车点着火，驾驭它行驶，下午让一帮孩子们乘火车玩，到了傍晚他们几个便喝啤酒、唱歌，醉醺醺地自己坐在车上行驶，或者全体站在火车头上，一眼看去活像一座尼罗河河神雕像，躺卧的裸体美人四周，围着一群小雕像……有时我去看望舅舅，想找块地方将来把我的压力机放在那儿。一次，天已经黑了，只见机车亮着灯正行驶到老苹果树和梨树之间的弯道上，舅舅坐在信号塔里扳道岔，他是那样的神采飞扬，像奥贺兰斯登—柯贝尔牌机车一样开足了马力，这里那里，大铁酒壶在闪光。我在孩子们和那几位退休工人的叫嚷声和欢呼声中走了过去，没有人招呼我，也没有人问我是否想喝一口，他们各个都全身心沉醉到游戏中去了，而他们玩的游戏，其实只是他们终生热爱的工作而已。我在那里走来走去，活像额头上带着标记的该隐[1]，我悄悄溜出花园，过了一小时又转回来，看看有没有人招呼我，可是没有。临出门时，我再次回顾，我看见号志灯和小屋的明亮灯光映照出退休老人和孩子们忙碌的身影，听到机车鸣笛和行驶在歪歪斜斜的椭圆形轨道上发出当啷当啷的响声，仿佛有一只手摇风琴在这儿反复演奏着一支乐曲，一支如此动人的乐曲，让你听过之后一辈子再也不想听其他曲子了。然而，在大门口，我毕竟看到我的舅舅在瞧着我，尽管离得这样远没有人能瞧得见什么，实际上我方才在树丛中转悠时，他也一直在注意我，此刻他把扳信号灯杠杆的手举了起来，朝我怪模怪样地扭动手指，仿佛只是那么把空气扭弯似的。我也在黑暗中朝他挥挥手，恰似我们在两辆迎面行驶的火车中彼此挥手打招呼。回到布拉格郊外时，我买了些小香肠，吃的时候我不禁吓了一跳，因为我用不着把小香肠送到嘴边，下巴颏儿一低，小香肠便已碰到了我滚烫的双唇。我把小香肠放到腰际，低头一看又吃惊地发现小香肠的下端几乎触到了我的鞋子。我双手拿着这根小香肠仔细看了看，又确实看

1 该隐因妒忌而将其弟亚伯杀死，上帝惩罚他到处流浪，并在他的额上作了标记。见《圣经·创世记》。

到这根小香肠是正常的，这么说，近十年来我变矮了，缩小了。回到家里，我把堆放在厨房通向卧室门边的书籍搬开几百本，在门框上找到了我用墨水笔画的标记，是我上次量身高时画的，还注明了日期。我拿起一本书，背靠在门框上把书本顶在头上，然后回身在门框上画了一道，一看便知从那次我量身高到现在，八年中我缩小了九厘米。我举目望望卧床上方堆着的书，断定我的背驼了，我的背上仿佛永远背着由大大小小书本构成的两吨重的天穹。

3

三十五年来我处理废纸，如果有必要重新做出抉择的话，我仍会选择我干了三十五年的这一行而不愿干任何其他工作。然而，尽管如此，一年之内总有那么三四回，一切都颠倒过来了，这间地下室突然变得惹人憎恨，主任的指责、吆喝、咒骂仿佛通过扩音器在我的耳朵和头脑里轰鸣，我开始感到这间地下室臭得像地狱一样，高耸的废纸堆快顶到院子的天棚了，潮湿、发霉的纸开始发酵，相比之下大粪的气味算是蛮香的了，最下面发展成的那片沼泽地正在腐烂，冒出的气泡看着活像臭沟和泥淖中从烂树桩里升起的鬼火。我得跑出去透口气，离开这台压力机，不过，我不是去呼吸新鲜空气的，新鲜空气已经让我受不了，我会感到窒息，连咳带呛，仿佛抽了一口哈瓦那雪茄。因此，当主任在那儿大叫大嚷，拧着手，气势汹汹地威胁我时，我便溜了出去，上别的地下室或地窨子里去泡一会儿。我最喜欢去的地下室是暖气房，那儿有一些人受过高等教育，他们让工作紧紧拴在那里，犹如家犬拴在自己的窝里。他们撰写当代历史，仿佛写一份社会学的调查报告。在这个地下室我知道了第四种人如何数量在下降，工人们怎样从底层进入了上层建筑，受过高等教育的人怎样像工人一样在劳动。我尤其喜欢同两位淘沟工交谈，两位科学院院士，他们在那里干活，同时撰写一本有关布拉格地下纵横交错的下水道的著作。从这里我才知道星期天流入波德巴巴污水处理场的污水同星期一的完全不一样，每个工作日的污水都各有特点，因此可以绘制一张污水流量图，根据避孕药的流量确定布拉格哪些市区性关系多，哪些市区少一些。然而，给我留下深刻印象的莫过于一份学术报告，说明小灰鼠和褐鼠像人类一样也进行过一场总体战，结果以小灰鼠的全面胜利而告终，但战后小灰鼠立即分化为两群，两个灰鼠宗派，两个有组织的灰鼠团体，此刻它们正在布拉格地下所有的下水道和阴沟中进行着你死我活的战争，一场声势浩大的鼠战，哪一方取胜，它们便有权占有下水道中流经波德巴巴的全部废物和排泄物。我从这些受过高等教育的淘沟工口中得知，这场战争一结束，取胜的一方又将立刻合乎辩证法地分裂为两个阵营，正如瓦斯、金属以及世界上一切有生命的东西要分裂一样，使生命通过斗争向前发展，然后通过寻求解决矛盾的愿望而取得一分钟又一分钟的平衡，因此从整体上看，世界一秒钟也不曾跛掉一条腿。我于是看到了兰波说得多么正确：精神斗争之可怕绝不亚于任何一场战争。我也领悟了耶稣那句冷酷的话语是什么意义：我来不是送和平，而是剑。每当我去过这类地下室，看过下水道、阴沟和波德巴巴污水处理场之后，我的心就平静了。由于我的学识是在无意中获得的，黑格尔的话曾使我吃惊，黑格尔教导我说：世界上唯一可怕的事情是僵化，是板结、垂死的形态，唯一可喜的是这样一种状况，即不仅个人而且人类社会通过斗争而恢复青春，通过新的形式争取新生的权利。当我走在布拉格的街道上，走回自己的地下室时，我的眼睛像X光一样，通过透明的人行道我看到了下水道和阴沟里的灰鼠总参谋部正在同自己的战斗部队制订作战计划，将军们用无线步话器发布作战指令，指出哪块前沿阵地需要加强火力。我朝前走着，鞋底下面灰鼠锋利的牙齿在嘎嘎地咬，我一边走一边想，一个永无休止地构筑着的世界令人沮丧。我涉水蹚过一条水沟，抬起含泪的眼睛朝上望去，突然间，我看见了我从未看过、从未注意过的事物：在居民楼和公共建筑的正面墙上，从下到上，直到落水管，无处不有一种投影，是黑格尔和歌德所渴望的，也就是说古希腊文化在我国的投影，作为一种典范和追求目标的优美的古希腊文化。我看到了多利安人[1]的柱子和古希腊式的檐槽，花环形的飞檐和饰有花梗和涡旋形花纹的爱奥尼亚[2]式的柱子，带有叶形花纹的科林斯[3]式的柱子，庙宇式的门厅、女像柱和触及居民楼房顶的古希腊式的栏杆。我眼下正走在这些居民楼的阴影中，我还发现，即使在布拉格郊区，同样的古希腊投影也遍地皆是，在普通民房的墙面上就可以看到，大门和窗户周围都装饰着男女裸体像和异域情调的花卉草木。我一边走一边回想受过高等教育的锅炉工对我说的一番话，他说东欧的起点并不在波希契斯卡城门[4]外，而是在加利西亚[5]的某地，在旧奥地利皇家火车站的尽头，在古希

---

1 古希腊人的一支。

2 古希腊工商业和文化中心之一，在小亚细亚。

3 古希腊著名奴隶制城邦。

4 在布拉格。

5 旧地区名，在今波兰东南境。历史上长期为俄、奥争夺目标。

腊式的门楣告终的地方，古希腊精神不仅表现在布拉格普通民房的墙面上，而且灌满了居民的头脑，唯一的原因就在于古典主义的中学和人文主义的大学在千百万捷克人的头脑里塞满了希腊和罗马。当两个鼠族在首都布拉格的下水道和阴沟里进行着像是毫无意义的战争时，那些被放逐的天使，受过高等教育、在一场其本人并未投身的战争中吃了败仗的男人们，这时正在地下室和地窖子里工作着，并且继续在绘制一张更为精确的世界面貌图。我回到自己的地下室，当我看到我的那些耗子怎样蹦着跳着迎接我时，我想起了在升降梯下面有一块下水道的铁盖。我踏着梯子下到井底，壮着胆子掀开铁盖，跪下倾听废水哗哗流动和窸窣作响的声音，我听见抽水马桶的冲水声，洗脸盆悦耳的排水声，肥皂水从浴盆流出时那种有如微浪拍岸的声音。但是，当我尖起耳朵仔细谛听时，我便非常清楚地听到了水声之外还有交战老鼠的尖叫声，牙齿咬进肉里，哀叫、欢呼、鼠体扭在一起的厮杀声，这些声音来自难以确定的远方，但我知道无论在哪个郊区，我只要掀开铁盖或铁格子下到井底，到处都在进行着一场老鼠的最后战争，看起来颇像是最后的战争，它将以一片欢呼告终，然而一旦找到什么论据，一切便将从头开始。我合上铁盖回到机器旁，我又增添了知识，原来在我的脚下，在所有的下水道中都在进行着残酷的战斗，由此看来老鼠的天国也不仁慈。我，一个在废品站当了三十五年打包工的人，一个同老鼠相去无几的人，又怎能仁慈？三十五年来我始终生活在地下室，我不喜欢洗澡，尽管主任办公室的后面就是浴室。一洗澡我马上就会得病，讲卫生对于我来说得小心谨慎，一步步来。我是光着手干活的，晚上我才洗手，这我有经验，倘若白天我洗了几次手，我的手心就会裂口子。不过，有时我的心里突然对希腊的美的观念产生了强烈渴望，我便去洗净一只脚，偶尔连脖子也洗一洗，下周再洗另一只脚和一条胳膊。大的宗教节日来临时，我连胸膛和腿全都洗净，但是，遇到这种情况，我必定先服一片抗组胺，否则哪怕外面下着雪我也会得干草热，这我有经验。现在我回到压力机旁开始干活，处理废纸，打包，在每个包里我放进一本翻开的哲学经典著作。上午在布拉格街道上散步之后，我心里多少平静下来了，现实生活使我豁然开朗，知道不仅我，而且有成千个与我相仿的人在布拉格的地下，在地下室和地窖子里干活，他们的头脑里流动着生机勃勃的、活跃的、孕育着生命活力的思想。于是我心里多少平静下来了，干活也觉得比昨天轻松，我甚至只是机械地干着，脑海里却在回忆往事，逆着时间回到了早年。那时我很年轻，那时每星期六我把长裤熨得笔挺，皮鞋擦得锃亮，连鞋底也上了油，因为人在年轻时都爱整洁，爱自己的形象，可以修饰打扮的形象。我在熨斗里装满烧红的木炭，扇得火花迸飞，熨衣板上放着长裤，我先熨裤线，随后拉紧裤腿把裤线熨平，我在裤子上放一块湿布，嘴里满含一口水喷到布上，仔细熨烫，主要熨右裤腿，右边总是磨损得多一些。因为玩九柱戏掷球时，我的膝盖老是碰到夯实的地面上，每当我小心翼翼揭去滚烫的、冒着蒸汽的垫布时，我的心情照例十分激动，不知裤线熨得正不正，只有熨得无懈可击我才穿上它，去林中空地，每星期六都是如此，走到多尔尼饭馆的原木堆前面时，我必定转身回顾，每次都见我的母亲在注视着我，看我的一身衣着是否整齐、合宜。有一次夜晚在舞会上，我等待的姑娘曼倩卡来了，她的长辫子里编着几根缎带，拖在身后，飘拂着，乐队奏着音乐，我同曼倩卡跳舞，每一场都只同她跳。我们跳舞，世界像回旋木马似的在我们周围旋转，我一边跳一边用眼角寻找可以带着她飞旋的空当。那是波尔卡舞，我看到曼倩卡的缎带飞扬起来，拉成一个圆圈悬在我们四周，我随着乐曲放慢舞步时，缎带便缓缓落下，我们再度飞旋时，缎带也随即扬起，不时打在我的胳膊和我握着曼倩卡小手的指头上。曼倩卡的手里还攥着一块雪白的绣花手帕。我对曼倩卡说我爱她，这是我第一次向她表白爱慕之情，她悄声说上小学的时候她就爱上我了，于是她把身体靠过来，紧紧贴在我身上，我们一下子便前所未有的亲密了。后来曼倩卡要求我跳邀请舞时做她的第一个舞伴，我高兴地喊了声：好！邀请舞刚刚开始，曼倩卡却忽然变得脸色苍白，她请求我稍稍等待，她出去一会儿，只需一小会儿。她回来时两手冰凉，我俩继续跳舞，我抱着她旋转，一心想在大伙儿面前显示一下我跳得多出色，我同曼倩卡多么般配，我俩是多么漂亮的一对儿。波尔卡舞曲的旋律开始快得令人眩晕，曼倩卡的缎带飞扬起来，同她的金色发辫一齐高高飘动，突然我看到跳舞的人们纷纷停了下来，脸上带着憎恶的神情躲开去，最后除了我和曼倩卡，其他人都不跳了，他们围成一圈，不是赞赏我们，而是因为圈子里有什么可怕的东西在离心力的作用下四处飞溅，对此我和曼倩卡都不曾及时察觉，直至曼倩卡的妈妈跑过来惊恐地拉起曼倩卡的手，慌慌张张把她拉出了多尔尼饭馆的舞厅，以后没有再回来，我也再没见到曼倩卡，直到几年以后。因为打那时候起，人们便管曼倩卡叫甩大粪的曼倩卡。原来那天曼倩卡由于要跳邀请舞，又由于我对她说了我爱她，她心里便既兴奋又激动，她跑出去小便，不想农村饭馆的厕所粪便堆得已满到了坑口，她的缎带浸在粪便中泡湿了，她从黑暗中跑回灯光明亮的大厅，开始同我跳舞，缎带上的粪水便飞溅开来，落在跳舞的人们身上，所有的人身上……我在压力机上操作，按下绿色电钮，压板推向前，按下红色电钮，压板退回，我的机器在进行着这个世界的基本运动，犹如海利康大号的风箱，犹如一个圆圈，无论你从哪里出发，必定回到原地。曼倩卡失去了荣誉，只得忍受羞耻，其实这不是她的过错，因为发生在她身上的事情很平常，极其平常，对这样的事歌德会原谅乌尔里卡·冯·莱维佐夫[1]，谢林无疑会原谅他的卡洛琳，唯有莱布尼茨[2]看来不会原谅他的王室情妇夏洛蒂·佐菲，正如敏感的荷尔德林不会原谅贡达德夫人……五年后，我找到了曼倩卡，就为这缎带事件，她和她的全家已迁居摩拉维亚的某地。我请求她宽恕我，因为无论什么地方发生了什么事情，我都有一种

1 歌德老年时的情人。

2 莱布尼茨（1646—1716），德国自然科学家、数学家、哲学家。

负罪感，无论何时我在报纸上读到什么事情，我都感到有罪的是我。曼倩卡宽恕了我。我邀请她与我一同去旅游，我买彩票中了彩，得到了五千克朗的奖金，我天生不喜欢金钱，因此只想尽快把这笔钱打发掉，把它从这个世界上消灭掉，免得我要为银行存折操一份心。我和曼倩卡于是去了山区，住在金山岗那家收费昂贵的雷纳饭店，因为我一心要赶快花掉这些钱，以换得一身轻松。在那里，所有的男人都羡慕我，因为我有曼倩卡，每天晚上他们一个个争先恐后想把曼倩卡从我身边夺走，尤其是工厂主依纳先生。我感到很幸福，因为我在把钱花掉，我和曼倩卡随心所欲地挥霍，要什么有什么。曼倩卡每天都出去滑雪，阳光很好，那是二月下旬，她晒得黑黑的，像其他人一样在闪光的山坡上滑雪，身上穿了一件没有袖子、领圈开得很低的短外衣，身边总围着一帮绅士，我则坐在那儿，呷着白兰地。临近中午时，绅士们便一个个回到旅馆前面的平台上，坐在靠背椅或者躺椅上晒太阳，三十张小桌子旁边一溜儿摆着五十张躺椅和靠背椅，桌面上放着滋补强身的甜酒和开胃酒，曼倩卡滑雪总滑到午饭前一刻才回饭店来吃饭。最后，在离开的前一天，第五天，我身上只剩下五百克朗了，我同饭店的其他旅客坐在平台上，我看见曼倩卡在滑回来，她皮肤晒得黝黑，美丽动人，正从金山岗的山坡上飞下来，我同工厂主依纳先生坐在一起，我们碰杯祝贺，因为五天中我花去了四千克朗，依纳先生以为我也是工厂老板。我瞧见曼倩卡闪进一丛小松树和矮云杉的后面，过了一会儿她出来了，以敏捷的动作径直朝饭店滑过来，像前几天一样从饭店旅客的身旁滑过。那天天气极好，阳光璀璨，平台上所有的靠背椅和所有的躺椅全都坐满了人，服务员不得不从饭店里再搬出一些椅子来。我的曼倩卡像每天一样，照例从一溜儿坐着晒太阳的旅客身旁像接受检阅似的滑过。是的，工厂主依纳先生说得对，曼倩卡今天美得让人直想吻她。但是，当曼倩卡刚从头几位崇拜太阳的人身旁经过，我便看到妇女们在扭头瞧她，接着手掩在嘴巴上窃窃地笑。曼倩卡离我越近，我越是看到妇女们在她后面笑得透不过气来，男人们则倒在椅背上，用报纸遮着脸，装作昏厥了或在闭目晒太阳。曼倩卡滑到我面前，绕过我，我这才发现原来她的一条滑雪板上，她的鞋子后面，堆着一大团粪便，大得像一块镇纸，雅罗斯拉夫·伏尔赫利茨基[1]

1 雅罗斯拉夫·伏尔赫利茨基（1853—1912），捷克诗人。

在一首动人的诗篇中讴歌的镇纸。我一下子就知道了，这是曼倩卡生命中的第二章，她注定要忍受耻辱，永远与荣誉无缘。工厂主依纳先生瞥了一眼曼倩卡滑雪板上的那摊东西，那是她出于需要在金山岗山脚下的矮树丛后面留下的，工厂主依纳先生昏过去了，到了下午还瘫软无力，曼倩卡满脸涨得通红，直红到头发根……天道不仁慈，因而人，一个有头脑的人，也不可能仁慈，我一捆一捆地打着包，每个包里放进一本翻开的书，翻在最动人的一页。我站在压力机前操作着，心里想着曼倩卡，那天晚上我们两个喝香槟，喝光了所有的钱，但是哪怕喝白兰地，也无法实现我们的渴望：抹掉曼倩卡携带着粪便出现在旅客面前的形象。那一晚剩下的时间我全用来央求她就所发生的事原谅我，可是她没有原谅，第二天清晨她傲然离开了雷纳饭店，她高高地昂着头走了，这就证实了老子的名言：知其辱，守其荣，为天下式[1]……我翻开《道德经》，找到了那一页，像神父把祭物放在祭坛上一样，我把翻开的书放在机槽的中心，下面垫着令人恶心的食品厂的包装纸和水泥袋。我按下绿色电钮，压

1 老子《道德经》的原文为“知其荣，守其辱，为天下谷”，另一句为“知其白，守其黑，为天下式”。作者此处在文字上略有改动。

板开始活动，我看着它们合拢来，犹如人在绝望中祈祷时十指紧握在一起，我看着压力机的前板压在《道德经》上，正是这本书唤起了我遥远的记忆，想到了我青年时代的美人儿曼倩卡和她的生活片段。下水道和阴沟深处两个鼠族在进行着你死我活的战争，从那里传来哗哗的污水流动声，一种深沉的隐喻。今天是美好的一天。

4

一天上午，屠宰场的工人们给我送来一卡车血淋淋的纸和被血水浸透的纸箱。一筐又一筐的烂纸让我无法忍受，因为它们散发着一股子甜腻腻的气味，而且弄得我浑身血迹斑斑，跟卖肉人的围裙似的。作为一种对策，我在打的第一个包里放进了一本翻开的鹿特丹人伊拉斯谟[1]的《愚人颂》，第二个包里我虔诚地放进席勒的《唐·卡洛斯》，第三包，为了使语言也成为血淋淋的肉，我翻开了尼采的《看那个人！》。我干活的时候，一大群绿头苍蝇飞来包围了我，这些可怕的苍蝇是屠宰场的工人带来的，密密匝匝一大群，疯狂地飞旋着，发出嗡嗡的声音，下雹子似的打在我的脸上。我喝

1 伊拉斯谟（约 1466—1536），荷兰人文主义学者，北方文艺复兴运动中的重要人物，生于鹿特丹。

到第四大杯啤酒时，压力机旁边忽然出现了一位举止文雅的年轻人，我马上认出来了，他不是别人，是耶稣。他的身旁随即站了一位满脸皱纹的老人，我一眼就断定这准是老子。他们两个站在那里，几千只绿头苍蝇忽东忽西发了疯似的飞旋，翅膀和身体发出频率很高的金属声，它们在地下室的空气中绣着一幅活的巨大画面，是由一刻不停变化着的曲线和飞溅的斑点构成的，有如波洛克[1]用滴溅颜料法绘制的巨画。对于这两个人的出现，我并不感到惊讶，因为我的祖父辈和曾祖父辈喝多了酒也都有过幻觉，看见过童话中的人物，我的祖父在流浪途中遇见过水仙女和水鬼，曾祖父确信他在利多维尔基斯啤酒厂的打谷场上看见过小妖魔、小精灵和仙女们。至于我，由于我在无意中获得了学识，因此当我躺在床上进入睡乡，而头顶上有两千公斤的书在摇摇欲坠时，我便看见槅板上出现了谢林和黑格尔，他们出生在同一年，有一回鹿特丹的伊拉斯谟骑着马来到我的床前，向我打听去海滨的路怎么走。因此，我喜爱的两个人今天来到我的地下室，并肩站在那儿，对此我丝毫不感到惊异，我第一

1　波洛克（1912—1956），美国抽象表现主义的主要代表，以在画布上滴溅颜料作画著名。

次意识到他们的年龄对了解他们的学说何等重要。苍蝇的飞舞和嗡嗡声这会儿更加疯狂了，我的工作服已被潮乎乎的血纸弄得湿透，我一边交替地按着绿色和红色电钮，一边看着耶稣和老子。我看见耶稣在不停地登山，而老子却早已高高站在山顶，我看见那位年轻人神情激动，一心想改变世界，而老先生却与世无争地环顾四境，以归真返璞勾勒他的永恒之道。我看见耶稣如何通过祈祷使现实出现奇迹，而老子则循着大道摸索自然法则，以达到博学的不知。我接连把血纸抱起投进机器，我的脸上涂满了血污。我按下绿色电钮，压板开始推动，把令人恶心的血纸连同一帮子苍蝇一股脑儿压扁，这些苍蝇怎么也舍不得离开纸上那点儿残留的肉渣渣，肉的臭味使绿头苍蝇欣喜若狂，它们发情、交尾，然后以十倍的疯狂痉挛地飞旋，密密匝匝围在机槽的四周，形成蠢动的一团，犹如中子和质子在原子中旋转。我捧着杯子喝啤酒，目光却不曾离开那年轻的耶稣，只见他神情激愤，被一些青年男子和美貌女人簇拥着，老子则孤零零地独自寻找合适的墓地。压力机已运转到最后阶段，混杂着绿头苍蝇的血纸被挤压得血浆四溅，血水滴落，我看见耶稣脸上洋溢着动人的喜悦之色，老子却神情忧郁地倚在机槽边上，显得孤傲、冷漠。我看见耶稣信心十足地命令一座高山后退，那山便往后移动，老子却用一张网覆盖了我的地下室，是一张用难以捉摸的才智织成的网。我看见耶稣有如一个乐观的螺旋体，老子则是个没有口子的圆圈儿，耶稣置身在充满了冲突的戏剧性的处境中，老子则在安静的沉思中思考着无法解决的道德矛盾。我按了一下红色电钮，血污的压板退回来，我再次抱起血迹斑斑的纸盒、纸箱以及被血和肉的潮气弄湿的包装纸投进空槽。我总算还有力气拿起尼采的书翻到那页写他同理查德·瓦格纳[1]建立星辰般友谊的段落，我像把孩子放进澡盆似的把这本书放在槽内，随后连忙双手驱赶那一大群蓝色和绿色的苍蝇，它们像风暴中的柳枝一般抽打着我的脸颊。我按下了绿色电钮，这时只见两条裙子在轻快地从地下室的楼梯上走下来，一条是青绿色的，另一条是光滑的红色，两个茨冈女人，她们总是幽灵一般来到我这里，总是突然之间，当我以为她们已经不在人世，已经在什么地方被情人用屠刀捅死了的时候，却意外地出现了。两个收废纸的茨冈女人，她们把废纸背在背上，就跟过去妇女从林中

1 理查德·瓦格纳（1813—1883），德国作曲家、音乐戏剧家。

背回干草一样，奇大无比的一包，她们背在背上在熙熙攘攘的街道上吃力地、蹒跚地走着，路上的行人不得不躲进壁龛或门洞里给她们让路。她们背着偌大的包走进我们院子时，门洞就给堵住了。进了院子她们径直来到磅秤那儿，弯下腰、转过身，然后朝后一仰倒在那个大包上，解开带子卸下这可怕的重负，把它拖上磅秤，一边气喘吁吁地抹着额上的汗水，一边注视磅秤上的数字，指针照例指在三十、四十，有时甚至五十公斤上，都是从商店和批发站捡来的纸箱、纸板和人们扔掉的废纸。每当她们想念我，或者被这份苦活累得精疲力竭——这些茨冈女人身体强壮、精力充沛，她们背着大包缓缓行走时，远远望去就仿佛背着一节火车或一辆电车似的——也就是当她们厌倦了这活儿时，她们就跑到我这里来，扔下那块大得吓人的包袱皮，一头倒在干纸堆上，裙子撩到肚脐眼，摸出香烟和火柴便仰天躺着抽烟，品尝巧克力似的吧嗒着嘴巴。我被密密匝匝的苍蝇包围着，只高声向她们打了个招呼，穿青绿裙子的那个仰卧着，裙子撩到腰际，一双光裸的大腿很漂亮，光裸的肚子也很漂亮，小腹下面露出一簇漂亮的、火焰似的毛。她一手枕在脑下，另一只手拿着香烟猛吸，裹着她油腻腻的黑头发的头巾已滑到后脑勺上，她泰然自若地躺在那儿。穿光滑红裙的那个倒在纸堆上活像被人扔掉的一条毛巾，她被沉重的大包压得疲惫不堪，已动弹不得了。我用胳膊肘朝我的皮包摆了摆，我买了一些香肠和面包，可是喝了那么多的啤酒之后，这些东西已吃不进了，除非带回家去。我干活的时候一向情绪激动，有一种覆灭的感觉，神经极度紧张，结果总是啤酒灌得太多。两个茨冈女人于是像两把摇椅似的从纸堆上骨碌碌地滚下来，嘴里叼着烟卷，两双手同时伸进我的皮包，她们掏出香肠，剥去包装纸把香肠均匀地分成两半，然后演戏似的踩灭烟蒂，用脚跟仔细地踩着，仿佛在踩扁两条蝮蛇的脑袋，之后两人坐下来吃香肠，吃完香肠才吃面包。我很喜欢看她们吃面包，她们从不咬着吃，而是用手指把面包掰碎，神情严肃地捏着面包一小块一小块地往嘴里送，一边吃一边点着头，互相碰碰肩膀，有如两匹注定将长期拴在一起驾车的马，直拴到最后被人送进屠宰场。有时我在街上遇见她们，总见她俩肩上搭着包袱皮，走进商店仓库时互相搂着腰，一边抽烟，一边跳波尔卡舞似的走着。这些茨冈女人日子过得一点不轻松，她们捡废纸不仅赖以养活自己和孩子，还得养活她们的头儿，一个每天下午根据她们捡得的废纸量分成的茨冈男人。这是一个特殊人物，架一副金边眼镜，蓄着小胡子，梳小分头，肩上永远挎着个照相机。他每天都给这两个茨冈女人拍照，善良的女人对着镜头摆出最动人的姿势，茨冈男人还煞有介事地走过去拨正她们的脸庞，然后退回来给她们摄影。可是相机里从来没有胶卷，两个女人从未拿到过一张照片，然而她们依旧天天让他拍照，像信徒盼望天堂似的盼望着自己的照片。一天，我在霍莱肖维采瞧见了她们，就在利本斯基大桥横跨伏尔塔瓦河的地方。当时我看见斯霍莱尔饭馆附近的拐角上，有个茨冈民警在指挥交通，他戴了一副白手套，握着一根有条纹的指挥棒，只见他一个波尔卡舞步旋转身，转向车辆放行的方向，动作那样优美、高贵，我不由得停下脚步，呆呆地看着他以怎样的骄傲在指挥交通，直到他站完这半小时的岗。突然，我的目光被青绿色和光滑的红颜色所吸引，原来在栏杆的另一头，两个茨冈女人也像我一样站在那儿，眼睛牢牢地盯在十字路中心那个茨冈男人身上，她们身旁还围了一群茨冈孩子和几位上了年纪的茨冈老人，他们一个个都满脸惊喜地看得出神，为这个茨冈人的成就感到骄傲。后来，换岗的时间到了，茨冈人同一个来接班的民警换了勤，回到自己人中间，接受大家对他的祝贺和赞扬。突然，那两个茨冈女人跪了下来，我看见那两条青绿色和光滑的红颜色的裙子垂到地面上，她俩用裙子擦他的值班皮靴，茨冈人微笑着，他无法掩饰内心的喜悦，最后禁不住爽朗地笑了起来，并且郑重其事地同所有的茨冈男人一一亲吻，两个茨冈女人则跪在地上用裙子给他擦皮靴。这会儿她俩已吃完面包，把裙兜里的屑粒也都捡起来送进嘴里，穿青绿色裙子的那个躺到纸堆上，把裙子撩到腰眼，坦然对我露出肚子，一本正经地问我……怎么样，大叔，咱们干？我伸出手让她看看我手上的血污，还做了个拉百叶窗的手势，说……不，我膝盖骨疼。她耸耸肩膀，放下裙子，两眼却一眨不眨地望着我，穿光滑红裙的那个已坐在楼梯上，她也是眼睛一眨不眨地看着我。过了一会儿，她俩站起身，从疲劳中多少恢复了过来，显得精神一些了，她们拎着包袱皮的一个角儿跑上楼去，但临离开前还把脑袋俯下来，折叠尺似的俯到两膝之间，用女低音喊了声再见，跑上去了，跑进走廊，随后我听见她们的光脚板吧嗒吧嗒穿过了院子，那是一种无法模仿的波尔卡舞的步法。她们又走去收废纸，到头儿打发她们去的地方，那个肩上挎个照相机、蓄两撇胡子、梳小分头、戴眼镜的茨冈男人已预先给她们拉好了生意。我继续干着活儿，用铁钩子钩，浸透了血的纸箱、纸盒、包装纸和湿漉漉的血纸从天花板上倾泻下来，落进机槽，通向院子的洞眼显露出来了。此刻我能听见所有的响声和说话声，仿佛是通过麦克风传到这里的，有几个收废纸的来到洞口，我从下面看他们犹如看教堂门口的雕像。我的机器，我的压力机深深地藏在院子底下，犹如祖国之父查理四世的灵柩或墓碑。突然，洞口出现了我的主任，他的声音从上面沉重地打下来，声音中又是充满了仇恨和愤怒，他大喊大嚷，痛苦地绞着两手……汉嘉，那两个算命的娘儿们又到下面干什么来了，那两个巫婆？我于是照例吓得一条腿跪了下来，手扶着机槽呆呆地朝上面望着，我永远不明白主任为什么这样不喜欢我，为什么老是端出这么一张可怕的脸相来对着我，仿佛这是他长久以来特地为我准备了的，这是一张愤怒的脸，充满了痛苦，由我造成的痛苦，这张脸每一次都像现在一样使我深信自己是一个面目可憎的人，一个不可救药的下属，只会给高贵的上级制造该死的麻烦……我从地板上站起来，就像墓石飞到半空，耶稣从墓中走出时那个受惊的卫兵站了起来一样。我站起身，拂去膝上的尘土，接着干活，我已不像刚才那样顺手了，绿头苍蝇却变本加厉闹得更凶，也许是因为我几乎已把所有那些血淋淋的纸打成了包而气得它们发疯，也许是穿堂风吹得它们晕头转向了。这穿堂风是我挖了那座高得像山、尖头顶进了院子的废纸堆引起的，绿头苍蝇现在包围着我，包围我的胳膊和槽里的废纸，密密匝匝，有如浓密的悬钩子丛，有如黑莓枝子，我用双手驱赶它们时，有一种同钢丝和带刺的东西搏斗的感觉。我干着活儿，浑身已被血污和汗水湿透，那两个茨冈女人在这里的时候，耶稣和老子始终站在压力机的槽边，现在我又独自在这里从事机械的劳动，不断地被绿头苍蝇的绳索所缠绕和抽打。我看见耶稣像一个刚在温布尔登网球赛中取胜的冠军，老子像一个尽管家财万贯但看上去却一贫如洗的商人。我看到耶稣的一切暗喻和象征都包含着流血的实质，老子则身穿布衣站在那里指着一块未经雕琢的粗木料。我看到耶稣是个花花公子，老子则是个腺体不全的老光棍。我看到耶稣举起一条手臂，以唯我是从的强有力的手势诅咒他的敌人，老子却逆来顺受地垂下双臂，仿佛垂着一双折断的翅膀。我看到耶稣是个浪漫主义者，老子则是古典主义的，耶稣有如涨潮，老子却似退潮，耶稣像春天，老子则是寒冬，耶稣体现的精神是爱邻居，老子则是空灵的最高境界，耶稣是 progressus ad futurum[1]，老子则是 regressusf ad originem[2]……我交替按下绿色和红色电钮，把最后一抱令人恶心的血纸扔进槽里，这是屠宰场给我送来、堆满我的地下室的，他们同时也领来了耶稣和老子。因而我在最后那个包里放进了伊曼努尔·康德的《道德的形而上学》，所有的绿头苍蝇几乎都疯了，疯到这种程度，它们扑到血腥的残渣上，吸着已经干涸和正在干涸的血，如此贪婪，竟然没有觉察正在靠拢的压板将把它们压碎，碾成薄片，挤出水珠。我用铁丝把压成一个立方体的包捆起来，送去同其他十五个包放在一起。剩余的疯狂的苍蝇紧跟着我，每个包上都盖满了绿头苍蝇，包里挤出的每一滴黑红色的水珠上，都闪着苍蝇墨绿色的或金属似的蓝光，仿佛每个包都是炎夏中午时刻挂在农村肉铺铁钩上的巨大牛腿。我抬起眼睛，只见耶稣和老子已离去，像那两个茨冈女人一样，他们也踏着涂了石灰的白楼梯走了。我的啤酒已喝光，因此我磕磕绊绊爬上楼去，有一会儿我不得不一手扶着阶梯往上爬，过于喧嚣的孤独使我头晕目眩，直

1 拉丁文，意为朝着未来前进。

2 拉丁文，意为退到本源。

到进了背后的小巷我才挺直了腰，手里紧紧地攥着一升空啤酒筒。空气闪着光，我不由得眯缝起眼睛，每一道阳光仿佛都饱含着盐分。我沿着圣三一教堂的教区院墙走着，有一队掘土工正在马路上施工，在这儿我又瞧见了那两个茨冈女人，她们坐在一条木板上，抽着香烟，同几个茨冈男人聊天。有不少茨冈人从事道路建设工程，他们的劳动按定额付酬，因此他们干得劲头十足，规定的指标使他们忘记了疲劳。我一向喜欢看他们干活，他们脱光了上身，用铁锹和十字镐同坚硬的泥土和铺路石拼搏。我喜欢看他们半个身躯藏在马路下面，仿佛在给自己挖掘坟墓。我喜欢他们，因为他们总是把妻子和孩子带在工地附近，他们会突然间想念孩子，因此我常看到茨冈女人撩起裙子抡着闪亮的十字镐在挖沟，而年轻的茨冈男人却把孩子抱在膝上一同玩耍，因此他们表现的爱有点儿奇特，同孩子玩使他们焕发活力，不是筋骨上的活力，是心灵中的。这些茨冈人非常敏感，让人联想到圣母抱着小耶稣的那张美丽的南波希米亚圣母像。有时他们看着你，看得你手脚发冷，他们那双眼睛，那样大的眼睛，蕴含着智慧，反映出久已被人遗忘了的某种文化。据说，在我们还拿着小斧头东奔西走，身上裹着兽皮的时候，茨冈人便已建立了国家和社会制度，经历了第二次衰退。我一边想，一边瞧着胡森斯基酒店的女服务员给我在啤酒升里斟两公升的啤酒，泡沫溢出啤酒升了，女服务员把剩余的啤酒倒在一只玻璃杯里朝我一推，让我喝，杯子在锡皮柜台上滑到我的手中。女服务员于是马上转过身去背对着我，因为昨天我付账时一只耗子从我的衣袖里蹿了出来。我喝完了啤酒，也许她背过身去是因为我手上的血污，双手满是干了的血。我伸手摸摸脸，我总喜欢这样用手掌在整个脸庞上抹一下，发现额上全是干瘪的绿头苍蝇，因为驱赶那些疯狂的苍蝇时，我常常使劲拍打额头。我沉思着走回去，经过那条施工的小巷子时，看见那两个穿青绿裙子和光滑红裙的茨冈女人正站在圣三一教堂墙边的阳光中，茨冈男人手里端着照相机在帮她们摆正姿势，拨拨她俩的下巴颏儿，然后退后几步，对着取景器看了一会儿，再走去摆正她俩的姿势，要这两张脸庞在彩色照片上笑得甜甜的。之后他把相机举到眼睛上，打了个手势，咔嗒按了一下，拧了拧并不存在的胶卷，两个茨冈女人拍着手掌，高兴得孩子似的，只担心照出来的模样儿不知怎么样。我把帽子拉到眼睛上，穿过马路，正碰上了美学教授，他不知所措地站在我面前，度数很深、厚得像烟灰缸的一副眼镜片冲着我，活像瞄准我的猎枪枪口。他伸手在兜里摸了一阵，像每次一样抽出一张十克朗的钞票，递到我手上，问道……那年轻人在？我回答说在。于是他像平时一样凑到我耳边轻声说……好好对待他，行？我说我会这样做的。我看着这位编辑穿过一个院子拐进斯巴莱纳大街，于是我疾步跑出巷子，从后面回到地下室，我摘下帽子，光着头谛听着教授怎样胆怯地从院子里走过，然后悄没声儿地走下来，当我们四目相遇时，他松了口气，说……那老头儿呢？我说还不是又去买啤酒了。教授接着问道……他总那样像恶狗似的对待你？我说从来都这样，他嫉妒我，因为我比他年纪轻。美学教授把一张揉皱的十克朗递到我手上，贴在我的手心里，按了一下，颤声对我耳语……这是给您的，费神啦，找到什么没有？我走去从一只小箱子里取出几本旧的《民族政策》和《民族报》，这些杂志中照例都有米洛斯拉夫·鲁特和卡莱尔·恩格尔姆勒写的戏剧评论，我把这些杂志拿给教授，他原先在《戏剧报》工作，尽管五年前已被赶出编辑部，但他对三十年代的戏剧评论仍有浓厚兴趣。他接过杂志匆匆翻了翻，放进皮包，像平时一样又给了我十克朗，告辞走了，在楼梯上还转身对我说……您再劳神多找找，现在重要的是可别让那老头儿给撞见。他上去了，进了院子，我则像平时一样戴上帽子从后门跑进小巷，穿过神父宅邸的院子站在圣达代阿谢克塑像旁边，帽子拉到眉毛上，做出不悦和惊讶的神色。我看着教授紧挨着墙边走过来，他看见我时照例吃了一惊，他定了定神，走到我面前，照例给了我十克朗，痛苦地说……对那个年轻人您别这么厉害，为什么您不喜欢他？好好对待他，行？我照例点点头，《戏剧报》的评论家走了，我知道他应该径直朝查理广场走去，但他像通常一样宁可在街角就拐了弯，钻进一个院子，手里的皮包也飞快隐没了，他急于躲开我这个古怪的老打包工，像恶狗一样对待年轻人的老打包工。这时，我见一辆卡车正倒退着开进我们的院子，我从后门回到地下室，我拉着手推车站在电梯旁边，今天打出的十五个包，每包的四面我都用水泡过的高更的绘画复制品《早上好，高更先生》装饰起来，现在一眼望去，它们光彩夺目，变得很漂亮，马上就要运走使我感到惋惜，我真想有多一点的时间欣赏这些画面，它们像布景片似的排列在那里，构成一幅美景，令人眼花缭乱。一群已经疲惫的绿头苍蝇嗡嗡着……升降梯里司机的脑袋探了出来，于是我把包一个个装上手推车，两眼仍在《早上好，高更先生》上流连，真遗憾它们必须从我的地下室里运走。不过，没关系，我心里说，等我退休了，我买下这台压力机，那时候我打的每个包我都将留下来，我不办展览会，也许有人要买一个我签了字的包，也许一个外国人，在我不走运的时候，为了不让任何人买走我的包，我将把价格定为一千马克，我若不走运，那个外国人可能会付我一千马克，把我的包运走，不知运往哪里，我就不知道上哪儿再去看它一眼了……十五个包一一被升降机送到了上面，我听见搬运工在咒骂那些包上和包四周的绿头苍蝇。最后一个包送走以后，所有的绿头苍蝇也跟着被送走了，地下室里由于失去了这些疯狂的苍蝇而突然显得凄凉和冷清，正如我自己，一向都是悲哀和孤独的。我两脚两手爬着楼梯上去，身体摇摇晃晃，但凡我喝了五升啤酒之后，我爬楼就不得不像爬梯子一样手脚并用。我站在那儿瞧着搬运工把最后一个包递给司机，戴着手套的司机接过来，用膝盖把它同别的包码在一起。搬运工的后背，工作服上印满了已干涸的血迹，成了一块血印的花布。我看见司机厌恶地把那双血迹斑斑的手套脱下来扔掉了，搬运工爬上车，坐在司机旁边，一卡车的包就从院子里运出去了。我很高兴，因为满车都是《早上好，高更先生》在放射光彩，但愿卡车驶过时，这些画会使路上的行人高兴，但愿看到这样一辆车在身边驶过的人会感到高兴。同这些包一起离开了院子的，是那些疯了般的绿头苍蝇，我看见它们在斯巴莱纳街的阳光中又活跃了起来，围绕着整个卡车疯了般地飞着。一大群蓝色、绿色和金色的发了疯的苍蝇，它们无疑会同高更的《早上好，高更先生》一起装进箱子，最后在造纸厂被倒进浓酸和浓碱的溶液中，因为发了疯的绿头苍蝇不可能放弃它们的观念：哪儿的生活能比在这赏心悦目的臭烘烘的腐败血浆里更美好？我正想回到地下室去，却不料我的主任脸上带着一副殉道者的神情突然在我面前跪下了，他双手合十恳求说……汉嘉，看在上帝的份儿上行行好，我向你发誓，我跪在地上求你了，醒醒吧，趁现在还来得及，别再灌酒了，干活吧，别再折磨我了，你这样下去会把我折磨死的……我吓坏了，连忙俯身轻轻抱住他的胳膊肘央求他……您别这样，好先生，我说，您这样跪着有失尊严……我把他扶起来，我感觉得出他浑身在颤抖，因而我再三请求他宽恕我，虽然我并不知道要他宽恕我什么。这就是我的命运：永远请求宽恕，甚至自己请求自己宽恕，宽恕自己是这么个人，生来如此……我沮丧地回到地下室，一种负罪感使我心情特别沉重，我仰天躺在方才穿青绿色裙子的茨冈女人躺过、现在还有些温暖的窝里，我躺在那儿，谛听着街上的声音，一种美妙的、实际的音乐。我谛听这座五层楼房——我们废纸收购站就在这座楼房里——有住户的污水怎样不停地在流淌，哗哗地响着。我听见抽水马桶的冲水声，当我侧耳细听地层深处的声音时，我十分清晰地听到污水和下水道的污物怎样在轻轻流动。在绿头苍蝇的大军撤退了之后，我听见水泥地面下老鼠的叫喊和哀号，在首都布拉格所有的下水道里，两个鼠族在进行着疯狂的战斗，争夺城市里所有下水道和阴沟的统治权。天道不仁慈，在我的上面和在我的下面，生活也不仁慈，我心里也不。早上好，高更先生。

5

因此，依我看这世界上的一切事物，都是在向前迈进之后又都向后回归，恰似铁匠的风箱，也犹如我这台压力机，机槽里的一切在绿色和红色电钮的作用下一会儿跳向前，一会儿又跳回来，唯独这样世界才没能瘸了一条腿。我当打包工三十五年，干我这一行不仅要有大学或旧式高中的文化水平，而且还应受过神学院的教育。在我这一行，螺旋体同圆圈儿相重合，progressus ad futurum 同 regressus ad originem 相连接，对此我有切身的体会，我不幸地有幸在无意中获得了学识，现在我开始梦想让 progressus ad originem[1] 同 regressus ad futurum[2] 相重合。这是我的一种

1 拉丁文，意为向着本源前进。

2 拉丁文，意为朝着未来后退。

消遣，正如有些公民晚饭时候看《布拉格晚报》一样。昨天，我们埋葬了我的舅舅，他是给我指点迷津的游吟诗人，他在哈勃雷自己的园子里盖了一座小信号塔，在树丛中架起了小铁轨，同朋友们一块儿修好了一台奥贺兰斯登—柯贝尔牌的机车，每星期六和星期天的下午点火，让孩子们坐到三节平板车皮上在花园里兜风，晚上则自己坐在上面兜风，举着大杯喝啤酒。昨天我们埋葬了我的舅舅，他在信号塔里得了脑溢血。那些天正是休假时期，他的伙伴们都去了树林或河边度假，炎热的七月天没有人来看望他，舅舅就这么去世了，躺在信号塔的地板上过了半个月，待到一位司机发现他时，他周身已爬满了苍蝇和蛆虫，尸体像融化了的卡孟倍尔干酪似的在漆布地板上淌水。火葬场的工人们到来后，只取出他衣服里还裹着的那点儿遗骸，后来他们跑来找我。我干地下室的活儿什么都习惯了，我用一把铁铲，后来用砌墙的小铲一点一点地把他的剩余躯体从漆布上刮下来。他们给了我一瓶罗姆酒，我默默地、仔细地刮下舅舅遗体的残留部分，最困难的是刮下他的红头发，它们已经粘在漆布上，活像公路上被卡车碾毙的刺猬，我只得拿一把石匠的錾子把头发剔下来。收拾完之后，我把这些碎渣儿塞在棺材里我舅舅的衣服下面，给他在脑袋上扣了一顶铁路员工的制帽，那是他挂在信号塔里的。我找来一本康德的著作，翻到那永远使我感动不已的段落……有两样东西总使我的心里充满了新的、有增无减的惊叹——头上的星空和我内心的道德法则……不过，我想了一想之后翻到了更为动人的一段，是康德年轻时写下的……夏天的晚上，当满天繁星在抖动的光亮中闪烁，一轮明月高悬时，我便渐渐陷入一种对友情倍加敏感，对世界和永恒不屑一顾的心态之中……我把书翻到这一页放在舅舅的手里。我打开舅舅的小柜橱，不错，这儿放着他的那些个收藏物，他曾经常常拿出来让我观赏，但当时我并不理解，那是一堆五颜六色的铁片，一只只小盒子装得满满的，舅舅值班时还喜欢把一些铜片、锡片、铁片和其他彩色的金属片放在铁轨上，火车驶过之后，他捡起这些轧成奇形怪状的小碎片，每天晚上把它们分门别类地存放，每片都根据它唤起的联想给它起了名儿。这些盒子很像装着亚洲蝴蝶的标本盒，也像装满果仁巧克力彩色锡纸的空糖果盒。我一盒盒拿来撒在舅舅的棺材里，把他视为珍宝的小金属片儿撒在他的身上，一盒一盒倒空之后才让殡仪馆的工作人员盖上棺材。舅舅躺在棺材里，身上堆满了奖章、纪念章、勋章，像一位赫赫显要，我的舅舅在棺材里那样神气，仿佛是我制作的一个非常漂亮的包。之后，我回到地下室，下楼梯时我不得不手扶着阶梯倒退着下，就跟顺着梯子爬下阁楼似的。我默默喝光那瓶罗姆酒，是用啤酒送下肚的。我拿起镐头耙着那堆黏糊糊、湿淋淋、腐烂了的废纸，里面满是窟窿眼儿，犹如瑞士干酪，耗子在洞里做了窝。我喝一口啤酒，叉起这粘成一团的石棉般的烂纸，把这令人恶心的东西装进机槽。我捅开耗子的通道，毁了它们的城市，把它们一窝窝送进机槽。因为我们收购站这两天停业，好让我有时间在清点盘货之前把地下室彻底打扫干净。每天傍晚我给山一般高的废纸堆淋水时，从没想到在最下面，花朵和书本已结成一块饼，被山一样高的废纸堆压成一个整体，几乎比压力机压成的包还要严实。的确，干这样的活儿我应该是一位神学家，从上次盘货之后，六个月来我从没碰过这小山的底部，这里废纸已腐烂，犹如沼泽地的植物老根，散发着一股甜味，好似放在罐里被人遗忘了半年之久的一块家制干酪，这湿透了的、压成一个整体的废纸也失去了它们原来的颜色，变成灰白色和浅米色，硬得像块陈面包。我工作到深夜，只偶尔休息片刻，那是去到通风井，从五层高的烟囱底下仰望一小片星空，像年轻的康德那样，然后拿着空啤酒升爬上楼梯，踉踉跄跄走出后门去打啤酒，之后又一手举着啤酒升，另一只手扶着阶梯下梯子似的倒退着下来，回到地下室。在这里，电灯光下面的小桌上放着一本翻开的康德的《天国论》，一个个打成的包排列在升降梯旁边，今天我开始用上百张浸透了水的凡·高的大幅复制品《向日葵》裹包，因此每个包的四面都闪着金黄和橘红的光彩，衬着天蓝色的背景，这就稍稍缓解了压力机里死耗子、耗子窝和腐烂纸团泛出的那股子臭气。压板随着我按下的红色或绿色电钮或前或后地运动，在此间隙我喝着啤酒，读康德的《天国论》，读到怎样在寂静中，在万籁无声的深夜，当意识悄然入睡时，不朽的神灵便用无名的语言谈论那些只可意会、难以言传的事物……这段文字使我如此震动，我跑出地下室，跑到通风井那儿仰望上面的一小片星空，后来我回到机器旁，继续用叉子把臭烘烘的烂纸连同一窝窝裹在棉花似的软絮里的耗子叉进槽里。谁干我这一行，他就不仁慈，正如天道不仁慈一样，但这份活儿总得有人来干，这是屠杀婴儿的行当，就像勃鲁盖尔[1]

1 勃鲁盖尔（约 1525—1569），16 世纪尼德兰画家，《屠杀婴儿》为其名画，作于 1566 年。

画的那样，上个星期我用那幅名画的复制品裹住了打成的每一个包，可是在今天，凡·高的《向日葵》尽管金煌煌的圆盘和盘心光彩夺目，却只是增添我内心的悲剧感。我干着活儿，装点耗子墓，不时跑出去，读着《天国论》，每次只读一句，含咳嗽糖似的含在嘴里。这样我工作的时候心里就注满了一种辽阔感，无边无涯，极为丰富，无尽的美从四面八方向我喷溅。上面有通风井口的一小方星空，脚下两个鼠族在首都布拉格的所有下水道和阴沟里激战，二十个包排列得整整齐齐，犹如一辆有二十节车厢的列车，正朝着升降梯驶去，每个包冲我的那面都点燃着一盏向日葵的明灯，压力机的槽里装得满满的，一窝窝耗子安静地被碾毙，恰像被凶残的公猫捉在爪中玩弄的耗子，叫都没有叫一声。仁慈的大自然创造了一种恐怖，在这种恐怖中一切安全感都已毁灭，它比痛苦更为强烈，在真理出现的时刻笼罩着你。对此我曾感到大惑不解，直到有一天我忽然心头一亮，觉得自己在变得美好起来，因为在经历了所有这一切——在过于喧嚣的孤独中看到的一切，身体和灵魂所感受的一切——之后，我还有足够的勇气使自己没有疯狂，我逐渐惊异地意识到我的工作把我抛进了一个广大无垠、威力无边的领域。我的头上亮着一盏灯，红绿电钮驱动着压板忽前忽后地来回运动，最后，我终于铲到贴地的最下层了，我像掘土工似的不得不借助于膝盖的力量，最下面的那摊烂纸已成了泥灰土。我把最后一锹又湿又黏糊的东西抛进机槽，活像一个淘阴沟的在打扫布拉格一处废弃不用的地下水沟。在最后那个包里，我放进了一本翻开的《天国论》，我用铁丝把包捆紧，按下红色电钮减压后，我用小车把包推去同其他的包堆放在一起。我在楼梯上坐下来，耷拉在两膝间的双手触到了冰冷的水泥地面。二十一朵“向日葵”在昏暗的地下室里放射光芒，几只小耗子冻得发抖，因为这里空荡荡的再也找不到废纸堆。有一只耗子径直跑到我面前，用后腿蹿跳起来朝我进攻，扑到我身上想咬我一口，也许想把我打翻在地，可能只是想让我受点伤而已。它使尽全身力气扑过来，咬我的湿脚跟，每次我都轻轻把它拂开，可是小耗子一次又一次冲向我的脚跟，最后它累得精疲力竭了，喘息着坐在一个角落里瞪着我，瞪着我的眼睛，瞪得我不禁战栗起来，因为在这只耗子的目光里，此刻我看到了比我头上的星空或我内心的道德法则更多的东西。好像一道闪电，叔本华出现在我的面前说最高法则是爱，这爱便是同情，我明白了叔本华何以那样憎恨巨人黑格尔，令我高兴的是，无论黑格尔还是叔本华都不是两军对垒的统帅，否则他们会像布拉格所有下水道中的两个鼠族那样交战。今晚我感到疲惫之至，便和衣躺在床上，头顶的层层木板托着两吨重的书，我借着路灯映进来的昏暗亮光，透过木架的缝隙仰望书脊。当四周都已寂静时，我突然听到了耗子啃啮的声音，我听见它们怎样在我卧床上面的天庭里忙碌着，好几处书本上传来的这个声音不禁使我毛骨悚然，仿佛那儿有个秒针在嘀嗒地走着，哪里有耗子，哪里就有耗子窝，哪里有耗子窝，几个月后哪里便会出现一个耗子聚居点，不出半年就成了一个耗子村，然后按照几何进程一年以后发展为一座小城市。这些耗子有足够的能量啃穿木架和槅板，于是有朝一日——那一天不会太远——我只要嗓门大了点，或者一只手不经心地一动，这两吨重的书便会倒下来，压在我的身上。耗子用这个办法来对我进行报复，因为我把它们送进压力机，打进了包里。我半睡半醒地躺在床上，被头上的啃啮声弄得不知如何是好，渐渐地，像平时一样，蒙眬中一个茨冈小姑娘银河般地走来了，她是我青年时代的情人，一个文静、淳朴的茨冈小姑娘，她总在小饭馆门前等候我，站在那儿一条腿微微伸在前面，向外撇着，犹如芭蕾舞女演员亮出的一个基本动作。她是我年轻时的一个美丽的小姑娘，我久已忘记的小姑娘。她浑身汗湿，泛着一股油腻的麝香和润发油的气味，每次我抚摩她以后，我的手指上便有新鲜油脂的气味，马鹿的板油味。她老是穿着同一件衣服，沾满了肉汁和汤水的污渍，背上有白灰和烂木头留下的痕迹，因为她到拆毁房屋的瓦砾堆上去捡木料，背来给我。我回想起第一次遇见这个小姑娘的情景，那是战争快要结束的时候，我从小饭馆里出来，走回家去，她跟上了我，始终走在我的后面，我得扭着脖子同她说话。她一路上牢牢地跟着我，既不落后，也从不超到我的前面去，一味迈着小快步悄没声儿地跟着。是的，那天我是从霍尔基饭馆出来，到了十字路口，我说好吧，再见啦，我得走了，可是她说，她也去我踏上的那个方向。我走完卢德米拉街，到了路口我说那就再见啦，我得回家了，可是她说她也去那个方向。于是我故意绕弯子，一直走到谢尔特伐，我伸出手对她说我得朝下面走了，可是她说她像我一样也去那个方向。我们又一起走到了下面的永恒堤坝，我说我到家啦，咱们再见了，可她说她像我一样也去那个方向。我到了家门附近的煤气灯下，我说好吧，再见啦，我到家了，可她说，她也住在这里，于是我开了大门，让她先进去，她却不肯，要我先走进那黑魆魆的过道，因而我走了进去。这里还有另外三家住户，我顺着台阶走到院子里，来到自己的门前，我开了门，转身说那么再见吧，我已经到家了，可是她对我说，她也到家了，她进了我的屋，同我睡在一张床上，等我一觉醒来，她已不见了，床上她躺的地方还是温热的。其后，我故意迟到深夜才回家，然而一踩上台阶，我便看见她了，坐在门前的台阶上，窗户下面堆着一些白木板和瓦砾场上捡来的锯断的梁木。我打开门，她像只小猫似的跳起身钻进了屋里。我们两个谁也不说一句话，我拿着一只大罐子去打啤酒，装了五公升的啤酒拿回来。这时茨冈小姑娘已在那只铸铁炉子里生了火，火苗呼呼地响着，炉门是敞开的，这间屋子有个很大的烟道，一度曾是带店面的铁匠作坊。茨冈小姑娘做的晚饭永远是土豆炖马肉香肠，然后她坐在敞开的炉门旁，添木柴，炉火烧得很旺，很热，金色的火光映在她的怀里，投在她冒汗的胳膊、脖颈和不断变幻的侧影上。我和衣躺着，不时起身喝几口啤酒解渴，然后把酒罐递给她。她双手捧着那个巨大的罐子，喝的时候，我听见她喉咙活动的声音，听见她轻轻地呻吟，犹如远处的一个酒泵筒。起初，我见她添木柴，老让炉火燃烧着，我心里想，这只是为了讨我喜欢罢了，但是后来我明白了，这是她的天性，火是她的天性，没有火她八成活不了。就这样，我同这个茨冈小姑娘生活在一起，实际上我都不知道她的名字叫什么。她也不知道我的，不想也不需要知道我的名字叫什么，我们两个就这么静静地、不言不语地每天晚上相会。我从不曾把钥匙给她，她总是等着我，有时我故意晚归，直到过了午夜才回来，想以此考验她，但是我刚开了门，身旁便有一个黑影一闪，我知道这是茨冈小姑娘进了我的屋子。过了一会儿她擦亮火柴，点着了引火纸，炉子里便开始蹿出火苗，呼呼作响，不停地吞食着木柴，这些木柴都是她弄来的，堆在窗户下面，足够烧个把月。当我们在灯光下吃晚饭时，我看见她把面包掰碎，吃圣餐似的把面包掰成小块儿，末了把衣襟里的面包渣儿也虔诚地抖落在炉火中。之后我们仰天躺在床上，呆望着天花板，电灯我们已经关掉，天花板上的阴影和幽暗的亮光波纹似的在闪动。当我起身去取桌上的酒罐时，我仿佛走在满是海藻和其他水生植物的鱼缸里，又仿佛月夜行走在暗影摇曳的密林中。我举杯喝啤酒时，总要转身瞧一下光裸着身体的茨冈小姑娘，她躺在那里望着我，一双眼睛的眼白在闪着光亮，黑暗中我们彼此看到的对方远比日光下更为清楚。我最爱苍茫的黄昏，唯有在这种时刻我才会感到有什么伟大的事情可能要发生。当天色渐暗，黄昏来临时，万物就变得美丽起来，所有的街道，所有的广场，所有在暮色中行走的人，都像蝴蝶花一般美丽，我甚至觉得自己也是一个漂亮的小伙子了。我喜欢黄昏时候照镜子，走在街上看橱窗玻璃中映出来自己的身影，我甚至抬手摸摸自己的脸，我看到脸上一条皱纹也没有，嘴角和额头上也都没有皱纹。随着黄昏的到来，我们的日常生活中出现了人们称之为美的阶段。炉门敞开着，红旺的炭火在燃烧，光身子的茨冈小姑娘站起来，她走动时，金黄色的火光勾出了她身体的轮廓，形成一圈光环，恰似查理广场那座教堂墙面上的洛约拉的伊格纳休斯像。她在炉中加了几根木柴，走回来，躺在我的身上，脑袋歪到一旁看我的侧影，用一根手指在我的鼻子和嘴巴四周画着。她几乎从不吻我，我也不吻她，我们用双手说明一切，然后就只是那么躺着，呆望着破炉子里迸出的火星、摇曳的火光，以及炉膛里木柴烧尽时闪现的卷曲的光亮。我们一无所求，只希望永远永远这样生活下去，仿佛要说的一切彼此早就说过了，仿佛我们俩一起出生来到人间，从没有分开过。第二次世界大战结束前的那个秋天，我买了一些蓝色包装纸，一轴线，一团细麻绳和一些糨糊，星期天我花了整整一天时间坐在地上糊风筝。茨冈小姑娘为我跑去打来啤酒。我用细线把风筝的骨架绑得很匀称，好让它稳稳地飞上蓝天。接着，我们俩一起动手做了一条长长的风筝尾巴，茨冈小姑娘在我的指导下把一只只纸鸽系在绳子上，然后我们一同到奥克罗乌赫利克去放风筝。我把风筝抛向天空，松开风筝绳，随后拉紧，抽了几下，风筝挺立起来，一动不动地在天空稳住了，唯有那条长尾巴随风飘拂，扭成一个S形。茨冈小姑娘两手紧捂着脸颊，手指上方露出一双睁得大大的惊喜的眼睛……后来我们坐下来，我把风筝绳递给她，让她拽着天空的风筝，不料她大声叫喊起来，说风筝要把她拉到天上去了，说她觉着自己像圣母玛利亚一样在升天。我双手按在她的肩上，说要那样咱们俩就一块儿飞上天去，可是她把风筝绳还给了我。我们俩坐在那儿，她的头靠在我肩上，后来，我忽然转念想送一封信给风筝，便把绳子交到她手里，让她拉着，可是她又一次惊慌起来，说风筝要把她拉上天去，她就永远见不着我了。我无奈只得把绕麻绳的小木棍插进地里，我从笔记本中撕下一张纸，扯开一个口子套在麻绳上，当我再次拿起那团麻绳时，茨冈小姑娘却高举双臂叫嚷着去捉那张顺着绳子痉挛的一抽一抽升高的纸片。天空每刮过一阵风，我手上便有风筝拽紧的感觉，这种感觉从手指传遍我的全身，当那纸片升到高处碰着了风筝时，我觉出了它们的接触，我不禁浑身一阵哆嗦，突然间我觉得那风筝就是上帝，我是圣子，那绳子是使人得以同上帝沟通、得以同上帝对话的圣灵。后来，我们在一起又放了几次风筝，茨冈小姑娘胆壮了一些，她握住风筝绳，像我一样浑身颤抖，因为在一阵阵风的袭击下风筝在颤抖，她把绳子绕在手指上，兴高采烈地叫嚷……有一天晚上我回家，却不见茨冈小姑娘在门口等我，我开了灯，通宵达旦在门外徘徊，可是茨冈小姑娘没有来，第二、第三天也没有来，从此没有再来。我寻找她，但是永远见不到她了。一个孩子般的茨冈小姑娘，淳朴得犹如一块未经雕琢的木料，犹如圣灵的气息；一个茨冈小姑娘，除了点炉子生火之外一无所求，那些木柴是她背来的，从瓦砾堆上捡来的沉重梁木和板条，大得像十字架一样，她背在背上运来，她除了做一锅土豆炖马肉香肠，除了给炉火添木柴，秋天放放风筝之外确实别无他求。直到后来，我才知道她被盖世太保带走了，同另外一些茨冈人一起被关进了集中营，从此没有回来，她在马伊达内克[1]或者在奥斯维辛[2]的焚尸炉中被烧死了。天道不仁慈，但我那时候还很仁慈。战争结束后她没有回来，我在院子里把风筝、风筝绳，以及茨冈小姑娘用纸鸽做成的那条长尾巴一块儿烧掉了，这个小姑娘的名字我已经忘记。战争结束后，在五十年代，我的地下室里还堆满了纳粹的出版物，在我那茨冈小姑娘优美奏鸣曲的光辉下，我狠狠地把成吨成吨的纳粹小册子和宣传品扔进压力机，这些东西全是同一个主题，几十万页的图片，欢呼着的男男女女和儿童，欢呼着的老人，欢呼着的工人，欢呼着的农民，欢呼着的党卫队队员，欢呼着的士兵。我狠狠地把开进解放了的但泽市的希特勒和他的卫队们，把开进解放了的华沙的希特勒，把开进解放了的布拉格的希特勒，把开进解放了的维也纳的希特勒，把开进解放了的巴黎的希特勒，把在他私人宅邸的希特勒，把庆丰收的希特勒，把希特勒及其忠实的牧羊狗，把希特勒及前线士兵，把视察大西洋壁垒的希特勒，把去往征服了的东方和西方城市的途中的

1、2　第二次世界大战期间德国法西斯屠杀无辜平民和战俘的两个著名集中营，均在波兰境内。

希特勒，俯身看军事地图的希特勒，把所有这一切统统扔进我的压力机。我越是把希特勒和欢呼着的男男女女和儿童们扔进机槽，我就越是想念我的茨冈小姑娘，她从来没有欢呼过，她一无所求，除了给炉火添木柴，炖一锅土豆马肉香肠，抱着巨大的酒罐子去打啤酒，除了把面包掰成圣餐似的小块儿，然后透过敞开的炉门凝望炉中的火苗和火光，凝望音调悦耳、呼呼作响的炉火，歌唱着的炉火，这歌声是她自幼熟悉的，同她的民族有着神圣的联系。火，它的光把一切痛苦深埋在下面，脸上却挤出一个悲哀的微笑，反映了茨冈人的幸福观……现在我仰天横躺在床上，一只小耗子从上面跌下来，跌在我的胸脯上，一骨碌滚到地上，钻进床底下去了，也许我在皮包里或外衣口袋里带了几只耗子回来。庭院里泛出一股厕所的臭气，很快要下雨了，我心里说。我仰天躺着，四肢瘫软动弹不得，工作和啤酒已使我精疲力竭，我整整干了两天，清出了地下室，使数以百计的小耗子丧了命。这些温驯的小动物，它们也是一无所求，只是啃点儿书本，在废纸堆里做个窝，繁衍后代，在安逸的洞穴里哺乳幼崽，幼耗子把身体蜷成一个团，恰像我的茨冈小姑娘在寒冷的晚上身体蜷作一团睡在我身旁。天道不仁慈，但也许有什么东西比这天道更为可贵，那就是同情和爱，对此我已经忘记了，忘记了。

6

三十五年来，我用压力机处理废纸。三十五年来，我一直认为除了像我这样处理废纸之外，没有别的办法，可如今我却听说在布勃内有了一种巨型压力机，其功效比我现在用的这台要大上二十倍。目睹过这种机器的人对我说，它打出的包，每个有三四百斤重，都用铲车送到火车上。我心里说，你得去见识见识，汉嘉，你得亲自去瞧瞧，做一次礼节性访问吧。我去了布勃内，当我看到那个惊人的玻璃结构，大得跟威尔逊小火车站似的，听到它轰隆轰隆地运转时，我不由得浑身战栗，不敢再看它了。有一刻工夫我站在那里目光转向别处，然后俯身去系鞋带，无法正视这台机器。我这人从来就是这样，当我在一堆废纸中瞥见一本珍贵书籍的书脊或封面时，我不是马上走去把它取来，而是找块钢丝绒擦拭机器的滚筒，过了一会儿我才凝眸注视那堆废纸，心里还暗自琢磨不知自己有没有这份力量去把书拿起来，翻开它。唯独在确信有了把握之后，我才伸手把书捡起来，那书在我手里就跟圣坛前新娘手中的花束一样瑟瑟颤抖。很久以前我就是这样了，那时我代表村俱乐部踢足球，我明明知道球队成员的名单要星期四才会在多尔尼小饭馆的橱窗里张贴出来，可是我星期三就揣着一颗怦怦乱跳的心赶去了，我跨着自行车站在那儿，从不敢马上朝橱窗望一眼，却仔细端详橱窗上的那把锁，端详橱窗的框架，然后花好长时间读我们俱乐部的名称，最后才看一眼那张成员名单。然而，星期三那上面的名单还是上周的，于是我离开了那里，星期四我又去了，跨着自行车站在那里，仔仔细细把所有的东西都看了又看，唯独不看那张成员表，直到我的心情终于平静下来时，我才一点一点仔细读那张名单，先读第一队，然后预备队，最后少年队，直至我看到自己的名字列在替补队员中时，我才喜不自胜。现在，我以同样的心情站在布勃内巨型压力机前，当我的震惊稍稍平静下来之后，我鼓起勇气举目观看。这台机器巍然耸立，直顶到了大厅的天花板，宛如布拉格小城区圣米古拉教堂里的那座又高又大的祭坛。这台机器比我预想的还要大，传送带那样宽，那样长，就跟霍莱肖维采发电厂缓缓把煤块送到炉栅下面的传送带一样，但这里缓缓传送的是白色的纸和书籍。一些年轻的男工和女工把这些书籍放在上面，他们的服装同我和其他废纸打包工劳动时穿在身上的完全不一样，他们手上戴着橘红色或天蓝色的手套，黄颜色的美式有檐小帽，工装裤吊得齐胸高，两条背带搭过肩膀交叉在背上，露出里面色彩鲜艳的毛衣和高领绒衣。在这里我看不到一盏电灯，光线和阳光透过四壁和玻璃顶棚照射进来，顶棚上装着通风设备。那些彩色手套使我格外感到自卑，因为我一向都是光着手干活的，可以享受摸摸纸张的乐趣，可是在这里谁也没有那种愿望去体验一下废纸给予感官的无与伦比的魅力。传送带载着书籍和切割下来的零碎白纸条往上移动，正像瓦茨拉夫广场的电梯把行人送到上面街道那样，把这些书和纸直接送进那只大得跟斯米霍夫啤酒酿造厂的大锅一样的机槽，当槽里装满了时，传送带便自动停止运行，垂直的螺旋桨从顶上降落，它以骇人的巨力把纸张压碎，然后美滋滋地喷着气升高，回到顶棚上，传送带再次运行，书本和纸张颠动着，直接落进那只椭圆形的槽里，它大得犹如查理广场的喷水池。现在我已相当平静，我注意到这台压力机处理的是成批成批的新书，透过玻璃墙我看见卡车正在运来一包包的书，堆得都高过挂斗车的围板了，成批成批的新书直接送去纸浆厂，没有一页弄脏过人的眼睛、大脑和心灵。直到这会儿我才发现，传送带的一端有一些工人在拆包，取出崭新的书本，撕去封面和封底，只把干净的书瓤抛到传送带上，书落下来时书页翻开着，没有人看它一眼，事实上要看也不可能，因为传送带必须装满，不允许停顿，不像我那样可以在机器旁边停下来。这儿，在布勒内，这份工作没有人性，活像一艘捕鲸船，一网鱼拉上船尾，船员们分拣出大鱼和小鱼，把它们抛向不同的传送带，直接送进船舱里的罐头加工装置，一条接一条的鱼，一本接一本的书。我鼓起勇气踏着阶梯登上围绕着椭圆形机槽的平台，走在这上面确实有到了斯米霍夫啤酒厂酿造车间绕着大锅走的感觉，在这种锅里，一次可酿造五十万公升的啤酒。我倚着栏杆站在那里，仿佛站在两层楼高的脚手架上俯视下面，只见操纵台上几十个电钮闪着五颜六色的亮光，犹如发电厂似的，螺旋桨在运转，碾碎槽里的书本，力量如此巨大，犹如一个人心不在焉地在指间捻碎一张车票。我惊惶地举目四顾，又看看下面正在劳动的男女工人们，阳光透过玻璃墙面照在他们身上，色彩鲜艳的服装、毛衣、帽子，看着令人眼花缭乱。这些工人五彩缤纷，仿佛是一群来自异域的鸟儿，像翠鸟、挪威的红腹灰雀、鹦鹉，但令我恐惧的并非这个，我感到恐惧不安是因为我突然准确无误地看出了，这台巨型机将是对所有小压力机的致命打击。我突然明白了，我看到的这一切意味着我这个行业已进入了一个新纪元，这些人已经与我不同，他们以另外一种方式工作着。我意识到小废纸收购站的那种微小的欢乐结束了，那是当我们发现有些书被错误地当作废纸扔掉的时候，在这里我看到人们的思维方式也不同了，因为即使每个工人可以从每种出版物中拿一本带回家去作为福利，即使他也可能阅读，但是对于所有我的打包工同伙来说，对于我来说，一切都已结束。我们这些老打包工都是在无意中获得学识的，不知不觉中家里都有了一个规模不小的书库，这些书是我们在废纸中发现的，我们阅读它们，感到幸福，希望有一天我们读的书将会使我们的生活有质的改变。然而，给予我的最大打击莫过于看到这些年轻工人竟不知羞耻地喝着牛奶和软饮料，他们两腿叉开，一只手叉在腰上，嘴巴直接对着瓶口津津有味地喝着，于是我知道以往那个时代确实结束了。在那个时代，工人们跪在地上干活，光着两只手，打架似的对付那些废纸，因此每个旧式工人都累得半死，浑身污浊，干活时得把身子滚进去。可是在这里，一个新的时代开始了，新人，新的劳动方式，一个新时代，干活的时候喝牛奶，尽管人人知道，这样一头牛是宁可渴死也不会喝牛奶的。我看不下去了，便绕着机器走了一圈，我看见它的成果了，一个极大的包，稳稳地落在铲车的平面上，蜥蜴般的铲车一颠一颠转过身，朝一条坡道驶去，从那儿确实径直送进火车的车皮，那个包大得惊人，犹如奥尔尚内墓园里大户人家的墓碑，犹如维尔特姆牌的防火保险柜。我把两手举到眼前，两只脏手，手指干活干得扭曲了，跟葡萄藤的枝子似的，我望着它们出神，随后厌恶地一甩，两条胳膊便来回地晃悠着。现在午休开始了，传送带停止运转，我看见工人们在一块大布告牌下面坐下来，布告牌上贴满了通知、告示、小字条之类。工人们面前各个放着一瓶牛奶，他们拆开送饭女工用木箱送来的午餐包，消消停停地吃着，用软饮料和牛奶把香肠、干酪和黄油卷送下肚去，嘻嘻哈哈地说笑、聊天。我听到的只言片语不禁使我紧紧地抓住了栏杆，我得知原来这些年轻人是社会主义突击队的，他们每星期五坐着工厂的大轿车去克尔克诺什山的工人休养所度假。吃完午饭，他们点燃了烟卷抽烟，我又得知他们去年去了意大利和法国，今年准备去保加利亚和希腊。当我看到他们那样平静地统计去希腊的人数，还相互鼓劲儿，劝说大家都登记时，再看他们脱光上身晒太阳，我就一点儿也不惊讶了，他们一边晒太阳还一边讨论下午是去金色浴场游泳呢，还是上摩德尚去打球或踢足球。去希腊度假这事使我不胜震惊，我自己只是通过读赫尔德[1]和黑格尔的著作才神游了古希腊，读了尼采才对世界采取了狄俄尼索斯[2]的观点，实际上我从未度过假，我的假期几乎统统用来补偿我欠下的工作日了，因为我每回无故缺勤一天，主任就以假期扣除两日计，即使我还剩下一天半天的假期，我也用来加班，因为我的工作总是落后，院子下面和院子里的废纸永远堆积如山，远远超出了我能完成的量，因此三十五年来我天天都生活在西西弗斯[3]情结之中，正如萨特先生和加缪先生那么生动地描绘的，尤其是加缪先生。院子里的包运走得越多，落进我地下室的废纸也就越多，无穷无尽。然而社会主义突击队在这里

---

1 赫尔德（1744—1803），德国批评家、哲学家及路德派神学家，浪漫主义的先驱。

2 希腊神话中的酒神。

3 根据希腊神话，西西弗斯是一个自私、狡猾、罪恶多端的人，为此死后受到惩罚，要他永不停息地往山上推石头，石头刚推到山顶就又滚落下来，又得重新开始。

却每天都能如期完成任务，这会儿他们都在工作了，晒得黑黑的，工作时的阳光照射使他们希腊式的身躯颜色更深了，假期去希腊，这件事丝毫没有使他们情绪激动，对于亚里士多德、柏拉图，以及歌德——古希腊的外延，想必一无所知。他们若无其事地干着活儿，继续把书的封皮撕去，扯下书瓤，把惊恐万状、吓得毛发倒竖的书页扔到移动着的传送带上，他们无动于衷，若无其事。这样一本书可能意味着什么，对此他们没有亲身感受，一本书毕竟得有人写出来，得有人校订，得有人阅读，得有人画插图，有人得排字，有人得看校样，有人得改排，有人得再看校样，有人得最终改排，有人得把它送上机器，有人得最后一次看版面，一版一版送上别的机器、装订机，有人得搬书，打成包，有人得为这本书和印刷这本书结算账目，有人得决定这书不宜阅读，有人得批判这书，下令销毁，有人得把这些书放进库里，有人得重新把它们装上卡车，有人得把一包包的书运到这里，由戴着红色、天蓝色、黄色和橘红色手套的工人们撕去书皮，把书瓤扔上传送带，它不出声地但准确无误地抽动着把这些毛发倒竖的书页送进压力机，打成包，送进造纸厂，制成洁净的、雪白的、没有文字污迹的纸张，以便用来印成别的新书……

我倚在栏杆上俯视下面的劳动，却见一位女教师领着一队儿童来到了阳光下。我心里说这是女教师带领孩子们参观来了，让孩子们看看废纸是怎么处理的，哪想到女教师拿起一本书来叫孩子们注意看着，要他们看明白她是怎么把书撕开的，孩子们看明白了，一个接一个地拿起书，扯下包书纸和封皮，小手抓住书页使劲地撕着，尽管书在负隅顽抗，最后还是孩子的小手胜利了，孩子们眉心舒展了，他们干得像工人一样顺利，工人们一边干活，一边朝他们点头以示鼓励……我不由得想起那次我去参观利布什家禽饲养场，那里的年轻女工像孩子们揪下书内脏一样揪出挂在传送带上的活鸡的内脏，她们敏捷地把肝、肺和心脏揪下来，抛在准备好的桶里，传送带则颠动着把鸡送往下一道工序。我站在那儿看着，只见那些利布什姑娘们工作时嘻嘻哈哈，有说有笑，而坡道上放着上千个铁丝笼，关着活鸡和半死的鸡，有几只鸡从笼子里钻出来了，趴在挂斗车的围板上，有几只在地面上啄食，竟全没有飞走的意思，没有想到要逃脱传送带上的铁钩，在那儿年轻姑娘们捉住它们的脖子，把它们挂在钩子上，这些鸡关在笼里，十只一笼……我看着孩子们怎样学习撕书，他们干得已很顺利，热得脱去了T恤衫和小毛衣，然而，有几本书却诡计多端，百般顽抗，致使一个小男孩和一个小姑娘扭伤了手指，倔强的硬书皮还弄脏了他们的小手。女工们见了便接过这些桀骜不驯的书本，呲的一声扯出了书瓤，随手一扔，把毛发倒竖的书页扔上了传送带。女教师给那两个孩子包扎了手指。天道不仁慈，我看不下去了。我转身走下扶梯，临出门时却听到背后有人在喊我……汉嘉，你这老孤鬼，你瞧瞧这儿怎么样呀？我回过身，只见一个头戴橘红色美式有檐小帽的年轻人站在栏杆旁边的阳光里，他一手举着满满一瓶牛奶演戏似的站在那儿，活像纽约高举火炬的自由女神。他笑着朝我摇摇牛奶瓶，我看见所有其他男女工人都在笑，他们大概喜欢我，认识我，刚才我在这里转悠，感到幻灭时，他们一直在注意我，我见了这台巨型机器和见到他们时流露出来的震惊神态，他们全看在眼里了，感到高兴……此刻他们嘻嘻哈哈地笑着，举起一双双黄色和橘红色的手套在空中挥动。我两手抱着脑袋跑进了走廊，身后响起了一片不同音调的笑声，我在一条长长的、两侧一溜儿排着上千包书的走廊上飞快地跑着，躲避这笑声，成批成批的书排列在两侧，我往前跑的时候，它们在向后退。跑到长廊的尽头我停下脚步，忍不住撕开一包看看里面是什么书，原来孩子们所撕的，使两个孩子扭伤了手指的是卡亚·玛希克的小说。我抽出一本翻到封底，我看到印数是八万五千册，共三卷，也就是说超过二十五万册的书在徒然同儿童的小手指搏斗着……我心情平静了下来，又穿过几条走廊，两侧都堆放着成千包的书，它们静静地、无助地排在那里，恰似我参观利布什家禽饲养场时看到的鸡，尽管从铁丝笼里钻了出来，在传送带附近溜达、觅食，但迟早要被姑娘们捉住，活活地挂在传送带的钩子上，割断喉管，这些鸡还没有机会一显身手，只是刚刚开始它们周而复始的命运，却不得不过早地死亡，就像这里堆积的书一样。如果我去希腊，我心里说，我将去亚里士多德的诞生地斯塔吉茹斯朝圣。如果我去希腊，我一定会绕着那光荣的场地跑一圈，穿着长内裤，鞋带绑在脚踝上跑一圈，以示我对历届奥林匹克获胜者的敬意。如果我去希腊，如果我同这些社会主义突击队队员一起去希腊，我将给他们上课，讲所有的自杀者，讲狄摩西尼[1]，讲柏拉图，讲苏格拉底。如果我同这些社会主义突击队队员去希腊……然而，这里已是一个新的时代，新的世界，

1　狄摩西尼（前 384—前 322），古希腊政治家、伟大的雄辩家，曾领导雅典人民进行近三十年反对马其顿侵略的斗争。

这些年轻人活得好不自在，也许世界上一切都变了，不同了。我沉思着从后门走下我的地下室，走进阴暗和灯泡的照明中，空气臭烘烘，我抚摩我那台压力机上磨得发亮的粗糙的槽边，那些显现出年代久远的木边，我站在那儿，突然间我听到一声叫嚷，一声痛苦的吼叫，我转过身，却见迎面站着我的主任，他两眼充血，大声嚷嚷，冲着天花板痛心疾首地咆哮，说我跑开了那么久，院子里跟地下室一样废纸都堆得顶到天棚了。我不太明白他怒吼些什么，可我能感觉到我是一个让人厌恶的家伙，已让主任没法忍受了，他多次重复着两个字眼，还从未有人对我说过的，他说我是蠢货，蠢货，蠢货。布勃内的巨型压力机、社会主义突击队同我是道德上的对立面，那么我是蠢货，我比这台小压力机更不值钱，突击队队员夏天去希腊，而我是蠢货。于是整个下午我没有休息，一口气干到底，把废纸装进槽里，仿佛我是在布勃内干活，亮闪闪的书脊朝我频送秋波，可是我不加理睬，一个劲儿地反复说:不，不行，一本也不许看一眼，你必须冷酷无情，像朝鲜刽子手一样。我这么干着活儿，仿佛用铁锹铲的是无生命的泥土，压力机疯了似的运转着，它气喘吁吁，抽搐着，马达发烫，不习惯于这样的速度，在这地下室它经常闹感冒，患风湿症。我口渴极了，便跑出去，穿过院子买来一瓶牛奶，喝下它时，每一口都仿佛在咽着铁丝网，可我坚持一小口一小口地咽着，犹如小时候用小匙子服鱼肝油，这牛奶就那么令人厌恶。两小时后，触及天花板的废纸堆矮了一些，露出了通向院子的洞眼，那是星期四，像每星期四一样，我照例心情激动，等待着考门斯基大学图书馆的管理员送一筐子书来，那是图书馆清除下来的。管理员站在洞口，把满满一筐哲学著作倾倒下来，落在我的脚边，我把这些书铲进槽里，只瞥了一眼：《道德的形而上学》，我的心快要碎了，但我举叉把它叉进槽里，犹如叉掉电线杆上挂着的铁皮箱里的垃圾。我一个劲儿地干着干着，打成一个个包，没有裹上古代或现代绘画大师的复制品，只是一包一包完成我的任务，我领工资就为这个，什么艺术、创造美，只是干活而已。我开始明白，我倘若这个样子地干活，我一个人就可以成立一个社会主义突击队，自己立下保证书提高生产率百分之五十，为此我不仅肯定能去工人疗养所，而且能去美丽的希腊度假，在那里我将穿着长内裤绕着奥林匹克竞技场跑一圈，去亚里士多德的故乡斯塔吉茹斯朝圣。我不时举起牛奶瓶，嘴凑着瓶口咂一口牛奶，一边下意识地干着活儿，心想我还不是蠢货，我无动于衷地、野蛮地工作着，像布勃内在巨型压力机旁工作的人一样。到了傍晚，当我完成任务，证明我并非蠢货时，主任正在办公室后面的浴室里淋浴，在哗哗响的喷头下他对我说，他再也不跟我白费劲了，他已给管理处打了报告，请求把我调到别处去打包。我坐下来发了一会儿呆，听着主任用毛巾在擦干身体，灰色的毛发沙沙作响，突然我怀念起曼倩卡来，她已多次给我来信，说她住在克拉诺维采，邀请我去看她。于是我在肮脏的脚上套了一双袜子跑上街，匆匆追上一辆公共汽车，天快要黑了，我心情沉重，在林间小镇下了车，打听曼倩卡的住址，终于在黄昏时分来到了一座林中小屋前，夕阳正在屋背后落下。我推开门进去，可是无论在过道还是在前厅都不见人影，厨房和卧室也没有人。我通过一扇敞开着的门走进了花园，在这里，我的吃惊甚至超过了上午在布勃内。在一棵大松树和琥珀色天幕的衬托下——天幕上夕阳正在徐徐沉入地平线——一尊硕大的雕像在那边高高耸立，它大得有如维诺赫拉德区斯·切赫[1]公园的切赫纪念像。一部梯子架在雕像上，梯子上

1 斯·切赫（1846—1908），捷克诗人。

站着一个老头儿，身穿浅蓝色的罩衫，白长裤和白皮鞋，他正挥动铁锤在石头上雕琢着，那是一个美丽的女人头像，不，它既不是女人的头像，也不是男人的，而是具有两性特点的一张天使的脸庞，在这张脸上已不再有性别之分，因而也不再有婚姻之说。那位老先生不时扭头俯视下面，那位坐在一把椅子上，闻着手里的一枝玫瑰花的，正是我的曼倩卡，老先生抓住她脸上的特征，用凿子和轻轻敲击的铁锤，在把这些特征搬到石头上。曼倩卡头发已经灰白，但剪得短短的，仿佛教养院的女孩子，又像女运动员理的男孩发式，使她显得超凡脱俗，她的眼睛一只长得比另一只低一些，这使她增添了几分高贵气，她的一只眼睛看上去甚至有点儿斜视，可是我知道，这不是眼睛长得有缺陷，那只斜视的眼睛确实过去和现在都在不间断地越过无限之门注视着一个等边三角形的中心，存在的中心，她斜视的眼睛，诚如某位信仰天主教的存在主义者所描绘的那样，象征着钻石中永远无法避免的瑕疵。我站在那儿看呆了，最使我吃惊的是雕像上的那两只白颜色的大翅膀，大得犹如两口白色大橱，而且这对翅膀，这双羽翼，仿佛在动着，仿佛曼倩卡在轻轻地扇着翅膀，仿佛她即将腾飞，或者在天空翱翔之后一秒钟前刚刚降落在那里。我亲眼看到了，这个一向害怕读书，一生中除却为了催眠从未读完一本正经书的人，如今在生命的旅程将要结束时赢得了圣洁……暮色渐浓，夜已来临，老艺术家还站在白梯子上，白长裤和白皮鞋在闪光，仿佛是从天上悬挂下来的。曼倩卡向我伸出温暖的手，她挽着我的胳膊告诉我说，这位老先生是她的最后一个情人，是她同男性交往的长链中最后的一环，由于他只能在精神上爱她，因此决定为她造一尊像以弥补这个不足，造一尊像，让她活着的时候在花园里观赏，去世后立在她的墓上当作镇棺石。老艺术家站在梯子上，借着月光还在为雕像脸上的神韵拼搏。月亮刚升起，给艺术家凿子的一起一落照着亮。曼倩卡领我去参观她的小屋，从地窨子直看到顶楼，一边用低低的声音向我叙述天使怎样向她显灵，她听从了天使的吩咐找来一个掘土工，她用自己的全部积蓄买下了林中一块空地，掘土工给她挖了地基，同她在帐篷里过夜。后来她把掘土工打发走了，找来一个砌砖匠给她砌了所有的墙，晚上同她在帐篷里过夜。之后曼倩卡找来一个木匠，给她干了新房上的全部木匠活儿，晚上同她过夜，这次已是在小屋里，睡在唯一的床上。之后她打发掉这个木匠，找来一个管子工，同他像木匠一样睡在同一张床上，管子工给她做了所有的铁活儿。之后管子工同样被打发走了，换了一个瓦匠，同她做爱，给她的房顶铺了石棉水泥瓦。瓦匠也被打发走了，换了一个刷墙的，给她把所有的墙面和天花板都抹了白灰，晚上同她睡在一张床上。之后他也被打发走了，换了一个细木匠给她做了家具，曼倩卡就这么靠着她的床和一个明确的目标盖起了这座房子。不仅如此，她还找来一位艺术家，柏拉图式地爱着她，给她雕刻一尊天使形状的曼倩卡像。说着，我们回到了原地，画完了曼倩卡圆圈形的生活轨迹，梯子上，一双白皮鞋和两条白裤腿在走下来，仿佛从天上走下来似的，浅蓝色的罩衫已同月色融为一体，难以分辨，白皮鞋踩到了地面，灰白头发的老头儿同我握手，说……曼倩卡已把我和她的事全给他讲过了，说曼倩卡是他的缪斯，赋予他那样充沛的创造力，使他得以代替上帝雕刻一尊曼倩卡像，一尊温柔天使的巨像……我搭乘末班火车离开克拉诺维采回到家里，喝得酩酊大醉和衣躺在床上，躺在堆着两吨重书籍的天幕下。我躺在那儿，心想曼倩卡无意中已成为一个她从来不曾梦想过的人，爬到了那样的高度，是我一生中未见有人达到过的。而我呢，我不断地读书，从书本中寻找预兆，可是书本却联合起来同我作对，我一次也没有得到上天的启示。曼倩卡憎恶书，她却成了现在这样的人，成了人们纷纷描写的人物。不仅如此，她甚至张开那双石头翅膀腾飞了，当我离去时，那两只翅膀在月光下熠熠生辉，犹如黑夜里帝国城堡的两扇灯光耀眼的窗户，这双翅膀带着曼倩卡飞翔了，把我们的 love story 远远地抛在了后面，抛掉了那几根缎带，也抛掉了金山岗脚下她带在滑雪板上出现在雷纳饭店游客面前的那堆粪便。

7

三十五年来我用压力机处理废纸，三十五年来我认定这份工作将永远这个样子干下去，这台机器将随我一起退休，然而，谁曾料到我上布勃内去参观了那台巨型压力机之后三天，同我全部梦想截然相反的事情发生了。我去上班，那里站着两个年轻人，我一眼便认出他们是社会主义突击队队员，浑身上下像是去踢足球的，橘红色手套，橘红色的美式有檐小帽，蓝工装裤吊得齐胸高，背带下面露出绿色高领绒衣。主任得意扬扬地把他们领到地下室，指给他们看我的机器，两个年轻人马上就像在自己家里一样了，他们在桌上铺了一张干净纸，把牛奶瓶放在上面，我则站在那儿感到丢脸，挨了一记闷棍，心情紧张，突然一下子，我的肉体和灵魂都意识到了，我将永远无法适应这个变化，我的处境有如当年某些修道院的僧侣们，当他们得知哥白尼发现了新的宇宙定律，地球并不像大家公认那样是宇宙的中心之后，他们便集体自杀了，因为他们无法想象能有另一个样子的世界，一个与他们迄今生活于其中，与他们所熟悉的世界不同的世界。后来主任对我说，我可以去扫院子、打杂，或者干脆什么也不用干了，因为下星期我将调到梅朗特立克印刷厂的地下室去捆白报纸，除了捆白报纸，别的什么也不干。我的眼前不由得一阵发黑，我，一个处理废品和废纸干了三十五年的打包工，经常可以指望从臭烘烘的废纸中捞出一本珍贵书籍来作为额外收入的人，没有了这种指望无法生活，现在却要去捆没有斑点、没有人性的白纸。这个消息把我击倒在地下室的第一级楼梯上了，我坐在那儿，浑身瘫软，呆若木鸡，双手无力地垂在两膝之间，脸上挤出一个笑容，望着那两个年轻人。这事丝毫怪不得他们，人家打发他们上斯巴莱纳街开压力机处理废纸，他们就来了，因为这是他们的面包，他们的职业。我看到他们怎样用叉子把废纸叉进槽里，按动绿色和红色电钮，我抱着荒谬的希望，盼着我的机器起来罢工，诳称患病，佯装齿轮和传动装置卡住了，但是，我的压力机背叛了我，它一反常态，轰隆轰隆地飞旋着，仿佛血气方刚，临了还叮叮当当一阵响，从第一包起，每打出一个包就叮当一阵，仿佛在嘲笑我，仿佛要显示唯有到了社会主义突击队手里它方有用武之地，方得以发挥全部才干。我不得不承认，这两个年轻人在这儿才做了两个小时，他们就像干了多少年那样熟练了，两人分了工，一个爬到触及天花板的废纸堆上，用钩子直接把废纸钩进槽里，一个小时后又打出了五个包。主任不时来到院子里的洞口俯身朝下张望，举着他那两只肥胖的爪子看演出似的鼓掌、喝彩，目光则死死地盯在我身上……好极啦，真棒，能干的小伙子！我半闭起眼睛，想走开去，可是两条腿不听使唤，我被羞辱得浑身瘫软了，我的机器发出的可恶的叮当声火一般地烧灼着我，它宣告压力马上将达到顶点，压板转眼就要停下来。随着铁叉在空中闪动，我看见一本书飞进了槽里，我起身把它捡了出来，在工作服上抹了抹，贴在胸口过了一会儿，它温暖着我，尽管它是凉的，我紧紧地搂着它，活像一位母亲搂着自己的孩子，像科林的扬·胡斯[1]塑像把《圣经》抱在胸前，抱得那样紧，甚至把那本《圣经》一半压进了自己的身体。我望着

1　扬·胡斯（1372 / 1373—1415），捷克宗教改革家，曾任布拉格教区长、伯利恒教堂宣教士及布拉格查理大学校长，1415年被康斯坦茨宗教法庭宣判为异端，受火刑而死。

那两个年轻人，他们没有看我，我把书举到他们面前，他们瞥了一眼，仿佛什么事也没有发生。我鼓足勇气瞧了一下封面，不错，是一本好书，查理·林白[1]写的一本关于人首次飞越海洋的书。我像平时一样，立刻想到了弗朗基克·史都尔姆，圣三一教堂的司事，他收藏有关航空的各种书刊，因为他深信伊卡罗斯[2]是耶稣的先驱，不同的是伊卡罗斯从天上掉了下来，跌进海里，而耶稣则由一艘一百八十吨重的阿特拉斯运载火箭送进了地球轨道，至今统治着他的地球王国。我心里说，今天我要最后一次给弗朗基克的小研究室送去这本描写林白如何战胜海洋的书。这以后我的微小乐趣就告终了。我蹒跚地穿过院子，主任正满面红光地在给一个名叫海德维契卡的卖废纸的小姑娘过秤，像每次一样，他先称她和送来的废纸，然后称小姑娘本人，这是主任的老规矩。我喜欢书，他喜欢年轻姑娘，对所有的姑娘他都像现在一样，先称姑娘和废纸，然后去掉废纸光称姑娘，把她们的体重一一记在一个小本儿上。他同姑娘们调

1　查理·林白（1902—1974），美国飞行员，因独自完成横越大西洋的不着陆飞行而闻名世界。

2　根据希腊神话，伊卡罗斯为能工巧匠代达洛斯之子。代达洛斯给自己和儿子用蜂蜡、羽毛做成双翼，飞上天空。但伊卡罗斯飞得过高，太阳把蜂蜡晒化，伊卡罗斯落海而死。

侃，动手动脚，全然不在乎身边有人冷眼旁观。他抱着她们的腰，把她们举到磅秤上，摆正她们的姿势，仿佛要给她们摄影似的，每一次，给每个姑娘他都详细讲解勃格尔磅秤的使用方法，一面讲一面搂着她们的腰，摸她们的乳房。他每次指着秤上的数字给她们看时，照例像现在这样，站在海德维契卡的身后，两手抱着她的臀部，脑袋凑到她的头发上，色眯眯地闻着她的发香，下巴颏搁在她的肩上指点着数字，随后腾一下跳到一旁，把磅秤上的钩儿一推，欢叫着向小姑娘祝贺，说她的体重没有增加，他把这个数字记在小本上，然后伸出双手，再一次抱着她的腰，嘴里喊着……蹦，把她抱下台阶似的抱下地，一面抱一面闻她的胸脯，之后像每次一样他自己站到磅秤上，要海德维契卡给他称体重，称的时候他仰起头，冲着天棚嘶叫，活像一头老公鹿见了小母鹿时兴奋地伸长脖子欢叫。称完之后，海德维契卡得把主任的体重写在一扇已堵死的房门门框上。我穿过院子和过道，走到外面的阳光中，然而对我来说满眼都是一片阴暗。我来到教堂，只见弗朗基克·史都尔姆擦机器似的在擦着祭坛的四壁，一看便知他心不在焉，思绪飞向了别处。他也是个不走运的倒霉鬼，一向爱好给报纸撰稿，报道当地腿骨折的小道消息，每星期一专栏报道有关打架斗殴的事件，这些事件照例以当事人神志昏迷送进医院或警车告终。除了给《捷克言论》和晚报写这类报道之外，他对其他工作一概没有兴趣，可是他当教堂司事的父亲去世了，弗朗基克接替了父亲的职位，当了教堂司事，但脑海里却总在写稿，报道老城区和新城区所有醉汉斗殴的消息。此外，他稍有空闲便跑回神父住宅区自己的那间屋子，一屁股坐进主教的雕木大圈椅，随手拿起一本航空方面的书便激动地读了起来，读那些个记叙新飞机和飞机制造师的故事。这类书弗朗基克肯定已收藏了二百册以上，我把地下室发现的那本递给他，他擦擦手接过去，从他脸上的笑容我立刻看出这书在他的小藏书室里还没有。他看了我一眼，我感到他的目光在紧紧地拥抱我，他的眼睛甚至润湿了。我意识到那美好的时光，我的地下室带来微小欢乐的美好时光已经结束，我永远不再有机会给弗朗基克·史都尔姆送来安慰了。我们两人正站在一对天使的翼下，这对奇大无比的天使由锁链系着悬在圣坛的上方。这时房门悄没声儿地推开，神父轻轻走过来，干巴巴地对弗朗基克·史都尔姆说，他得换上法衣去行祝福礼了。于是我离开教堂，在上午的阳光中踯躅，走过圣达代乌斯祈祷台时，我停下脚步站了片刻，回想我曾怎样在这里祈祷过，祈求圣达代乌斯显个灵，让那些可怕的卡车，就是从屠宰场给我运送可恶废纸的卡车一辆辆都滚进伏尔塔瓦河里去，连车带货滚进去。我还回想起，那时候我喜欢开玩笑，从废纸堆中拣出几颗星贴在帽子上，故意跪在那里，听着路过的旧时代的房产主高声议论……太好了，工人阶级已经爬回十字架前面来啦……现在我站在那儿，帽子拉到眼睛上，突然，一个念头在我脑中闪现，何不跪下来试它最后一次呢？跪下来祈祷，祈求圣达代乌斯行个奇迹，唯有奇迹才能帮助我回到我的压力机旁，回到我的地下室，回到我的书籍中去，没有书我无法生活。我正要跪下时，却不料美学教授一头撞在我的身上，他的眼镜片在阳光下闪烁，仿佛两只玻璃烟灰缸，像平时一样他手里拿着个公文包，神色慌张地站在我面前，我头上戴着帽子，因此他问道……那年轻人在？我想了想，说他不在。上帝啊，莫非他病了？教授显得很不安。我说不是病了，不过，我对你直说了吧，再不会有路特的文章了，不会有安杰尔慕勒的评论了……我从头上摘下帽子，美学教授越发惊慌了，他甚至跪在了地上，举着一根手指点着我喊道……您就是那个年轻人，您也就是那个老头儿？我戴上帽子，把帽檐拉到额上辛酸地说……是的，不过，再也不会有过期的《民族政策》了，再不会有《民族报》了，他们把我赶出了地下室，您明白了吗？我迈步朝前走去，朝着我走了三十五年的我们院子的通道走去。教授跟随着我，在我身旁跳来跳去，围着我转，拉我的袖子，塞给我一张十克朗的钞票，接着又塞了一张五克朗的，我低头望着这两张钞票，辛酸地说……这是要我好好找一找？教授两手搭在我的肩膀上，透过厚厚的镜片睁大一双马眼那么看着我，他点点头，喃喃地说……是的，您好好找一找。我说……找一找，可找什么？他完全不知所措了……找另外一种幸福……他轻声耳语，鞠了一躬，往后退几步，然后转身走开了，仿佛急于离开发生了不幸事件的现场。我拐进院子的通道，只听得我那台压力机叮叮当当地响着，声音那样欢快，活像雪橇上的铃声，载着醉醺醺的婚礼参加者在奔驰。我无法再往前走，我连看一眼我的压力机都不行了。我扭身出门，走在人行道上，阳光耀得我两眼发花，我站在那里不知朝哪儿走好。在这场暴风雨中，我曾经那般信赖的书本竟没有一本前来解救我，一言一语都没有。我那么站着，后来无可奈何地又折回圣达代乌斯祈祷台，瘫倒在祈祷凳上，头埋在手掌里。也许我睡着了，也许我打了个盹儿，也许我进入了幻境，也许我被落在我头上的不公正弄得有点儿精神失常，我双手捂着眼睛却看见我的压力机变成了巨型压力机中的巨型机，它那样高大，把整个大布拉格圈在它的四壁间了。我看到当我按下绿色电钮时，机身的两侧便动了起来，它们大得有如拦水堤坝，我看到第一批房屋倒塌了，像小耗子一样在我的压力机中滚动，机板不费吹灰之力朝前推去，朝前推去，摧毁着面前一切挡住去路的东西。我俯瞰布拉格城，只见市中心的生活依旧按常规进行，但在市郊，我的巨大的压力机正在推进，所到之处变得一片荒凉，现在机器的四壁同时朝市中心靠拢，我看到体育场、教堂和公共建筑物，我看到大大小小的街道，一切都在倒塌，我的巨型压力机不容任何东西逃脱，连一只小耗子也不让。此刻我看见布拉格宫倒下了，另一边民族博物馆的金色圆顶倒下了，伏尔塔瓦河的河水在升起，可是我的压力机有着可怕的力量，一切反抗在它面前犹如院子下面地下室里的一张废纸。我看到巨型压力机这会儿加快了速度，把已摧毁的一切集中到一堆。我看见了我自己，看见圣三一教堂倒在我身上，看见我已不见了，我已被轧碎，同砖瓦、木料以及祈祷台混在一起。于是我只听见电车和公共汽车怎样在断裂，机器的四壁收拢得越来越紧，但瓦砾堆中间仍有足够的空当，破砖碎石的黑暗中仍有空气，这会儿空气透过大压力机的四壁在嗞嗞作响，涌到上面，喷了出来，混杂着人们的哀哭，我睁开眼睛，看到荒凉的大平原中心立着一个大得吓人的包，一个立方体，边长五百米，也许还要长一些，我看到整个布拉格连同我自己、我所有的思想、我读过的所有的书籍、我整个的一生都压在这个包里，不比一个小耗子更有价值的一生，在我的地下室同废纸一起被社会主义突击队轧碎的小耗子……我惊讶地睁开眼睛，发现自己还跪在圣达代乌斯祈祷台的跪凳上，有一刻工夫我木然呆望着扶手上的一条裂缝，后来我站起来，望着电车上的红条纹，望着来往的汽车，望着川流不息的行人，在斯巴莱纳街人们从不停步，全都急匆匆从民族大街赶往查理广场或者反过来。人行道很狭窄，因此人们不停下来，只是匆忙地走着。我被撞来撞去，便靠在神父住宅的墙上，木然呆望，这时忽然看见弗朗基克·史都尔姆从神父住宅区的大门里走了出来。他像往常一样穿着节日的礼服，甚至还系了领带，一本正经地迈下台阶，大概像平时一样正要朝我们的院子走去，可是这会儿瞥见了我，于是朝我走过来，照例鞠了一躬，问道……您是汉嘉先生吧？我像过去在院子里或在地下室时一样回答说……是我。弗朗基克·史都尔姆把一个信封递到我手里，鞠了一躬，回神父住宅区的小屋去了，去换衣服。弗朗基克·史都尔姆从来都是如此，每当我给他送去一本对他的小藏书室来说有价值的书，他便像今天一样换上礼服，戴硬领，系卷心菜叶子式的领结，郑重其事地给我送一封感谢信。我照例立即把信拆开。像以往一样，这是一封很正式的书信，雪白的信纸，上端花哨地印着……弗朗基克·史都尔姆微生物实验室字样，信上写道……尊敬的先生，我代表微生物实验室向您致谢。您赠送的查理·林白所著《我飞越海洋》丰富了我们的藏书，希望今后仍将得到您的惠赐。下面的署名是微生物实验室……弗朗基克·史都尔姆……还盖了一个弗朗基克·史都尔姆微生物实验室的圆印章……我沉思着走到查理广场上，像以往一样把这封感谢信撕了，我知道这是最后一封，因为在我的地下室，我的机器，我光荣的压力机背叛了我，给这些小小的乐趣敲了丧钟。我无可奈何地站在查理广场，呆望着教堂墙面上闪闪发亮的洛约拉的伊格纳休斯像，一轮光环从他周身放射出来，他立在自己教堂的墙面上，欢快的金色线条勾勒出他的轮廓……然而，我看到的不是光环，而是一只竖着的金色澡盆，卧在盆中的塞内加[1]直立着，这是在他用刀子割破了手腕上的血管之后，他向自己证明了他的想法是正确的，他并非徒然写了那本书，一本我喜爱的书……《论心灵的安宁》。

1 塞内加（约前 4—65），古罗马雄辩家、悲剧作家、哲学家、政治家。曾担任皇储尼禄的教师，并爬到权力的顶点。后由于政敌指控他参与皮索阴谋而被勒令自尽。

8

我身体靠在黑啤酒酿造厂快餐部敞开的玻璃墙上，喝着波波维茨卡牌的十度啤酒，心里暗自说：打这会儿起，伙计，一切就全得看你自己啦，你得逼着自己到人群中去，你得自己找乐趣，自己演戏给自己看，直到你离开自己，因为从现在起，你永远只是绕着一个令人沮丧的圆圈儿转，你往前走却意味着回到原处，是的，progressus ad originem 也就是 regressus ad futurum，你的大脑不过是一台碾压各种思想的压力机而已。我站在阳光中喝着啤酒，望着查理广场上的人流，全是年轻人，年轻的学生，每个年轻人的脑门上都佩戴着一颗星，用以表示年轻人是英才的幼芽，我看到他们眼中迸射着力量的光芒，我也曾迸射过同样的光芒，直到主任说我是蠢货。我身子倚在栏杆上，电车来来往往，车上的红条纹看着令人愉快，我有的是时间，我可以上弗朗基谢克医院去看看，据说医院二层楼的楼梯是用断头台的木料改成的，捷克贵族在老城广场被处死之后，弗朗基谢克教团买下了整个绞刑架。或者我可以去斯米霍夫区的什么地方逛逛，那儿的贵族花园有一座亭子，亭子里的地板上有个按钮，一踩着它墙就开了，有蜡像会走出来，就跟彼得堡的恐怖楼似的，一个六趾瘸子月夜误踩了电钮，沙皇蜡像坐在椅子上出来了，举着一根手指威胁他，诚如尤里·蒂纳诺夫在他的小说《蜡像》中生动描绘的那样。不过，我多半哪儿也不去，我只消闭上眼睛，我想象的一切便比现实更为真切，我宁可看看过往行人和他们蝴蝶花般的脸庞。年轻的时候，我也曾对自己怀有美好的希望，有一个时期，我想我应该打扮得漂亮些，我买了一双凉鞋，在当时那是一种时髦货，只用几根皮子和按扣制成，穿这种鞋子我得配上一双紫袜套，妈妈为我织了一双。我第一次穿上这双凉鞋出门时，约了一位女友在多尔尼小饭馆见面，那天虽是星期二，我却忽然心血来潮，想去看一看橱窗里是不是公布了我们足球队的阵容表。我来到布告栏前面，先把锁眼的金属边仔细看了一通，然后才走近去看那张球队阵容表，但那张表是上周的，尽管如此我还是把它又从头至尾读了一遍，因为我感觉到我穿着紫袜子的右脚踩在了什么又大又潮的东西里。我把那张把我的名字列在最后的阵容表从头至尾又读了一遍，因为我没有勇气低头看一眼，待到我终于看了时，才知道我正踩在一大摊狗屎里，我那只仅用几根皮子和按扣制成的凉鞋已整个儿陷在里面了，于是我再缓慢地、一个名字一个名字地把青年组十一个成员的名字，包括我自己作为候补队员的名字又从头至尾读了一遍，可是我低头看时，我仍然站在那可怕的狗屎堆里。我举目朝林中空地望去，只见我约会见面的姑娘正从大门里走出来。于是我解开鞋扣，脱下紫袜子，把它连同凉鞋和一束鲜花统统扔在我们足球俱乐部的布告栏下，自己逃到村外的田野里，在那儿我深深地思考了一番，我想莫非命运之神在警告我，因为那时为了有机会接触书，我已有意要当废纸站的打包工。我从售酒柜台买了一杯又一杯啤酒，端到自助餐厅露天酒座的旁边，身体靠着栏杆站在那儿喝。阳光耀得我眯缝起眼睛，我心里想，何不去克拉罗夫走走呢？克拉罗夫教堂里大天使加勒里尔大理石像很漂亮，借此机会还可以看看那间华丽的忏悔室，是神父用装载加勒里尔大理石像的木箱上的木料做成的，石松木的木箱装着大理石像从意大利运到此地。我怡然闭上了眼睛，哪儿也没有去，我喝着啤酒，脑海里出现了我自己。在那倒霉的紫袜子和凉鞋事件之后过了二十年，一天我走在斯杰金的郊区，偶尔来到了跳蚤市场，在一帮子穷商贩的末尾，我看到有个人在兜售一只右脚的凉鞋和一只紫袜套，我敢打赌那正是我的凉鞋和紫袜套，连尺码我也估计正确，四十一码。我站在那里仿佛看见了幻象，这小贩的信念令我不胜惊讶，他竟然相信有个独脚人会来此购买凉鞋和紫袜子，相信什么地方有个残疾人只有一条右腿，脚的尺码为四十一码，为了给自己增添几分魅力，这个残疾人怀抱着希望会远道上斯杰金来购买一只凉鞋和一只袜子。在这个富于幻想的小贩旁边站着一个老妇人，兜售她手里拿着的两片月桂树叶。我极其惊愕地走开了，我的那只凉鞋和那只紫袜子在经历了许多地区之后，又回到了我的面前，仿佛是对我的谴责。我退还空酒杯，越过电车轨道，公园的沙子路在我脚下咯吱咯吱地响，犹如踩在雪地上。麻雀和燕雀在枝头鸣叫，我呆望着一辆辆的婴儿车和坐在长凳上仰着脸晒太阳的妈妈们，我在椭圆形的游泳池旁边站了很久，光身子的儿童在池子里游泳，我看见了他们的小肚皮和背带裤留在他们身上的痕迹。加利西亚虔诚教派的犹太人常系一根色彩鲜艳的、有条纹的腰带，把身躯分为两截，比较讨人喜欢的一截，包括心、肺、肝和脑袋，以及只可勉强容忍的、不重要的一截，即肠子和性器官那截。天主教的神父们则把这道区分线提高到脖子上，把教士硬领看作一个明显的标志，突出大脑独一无二的至高地位，因为大脑是上帝蘸手指的托盘。我望着戏水儿童和他们光裸的身体上背带裤留下的清晰条纹，我想到了修女们，她们用无情的布条把脑袋缠得严严实实，只薄薄地露着一片脸庞，嵌在上了浆的头盔里，犹如 1 号汽车赛的选手。我看着这些在水里拍溅着水花游动的光身子儿童，他们对性尚一无所知，他们的性器官，诚如老子教导我的，却已暗中成熟[1]。我想到神父和修女的那些布条条，犹太人虔诚派的腰带。我暗自寻思，人体是一只计时的沙漏，在下面的到了上面，在上面的到了下面，两个互相衔接的三角形，所罗门王的印记,他年轻时写的《诗篇》和年老时论“虚空的虚空”的《传道书》之间的和谐。我的目光飞向洛约拉的伊格纳休斯教堂，号角般的金色光环在闪闪发光，奇特的是，我国文学巨匠的塑像几乎全

1　老子《道德经》中有赤子“未知牝牡之合而朘作，精之至也”句。

都是瘫痪在轮椅上的，庸格曼[1]、沙法里克[2]、帕拉茨基[3]，一个个都僵坐在椅子上，连贝特馨公园的马哈[4]也得轻轻靠在柱子上，而天主教的雕像却各个充满了运动感，仿佛都是运动员，总是像刚在网上扣了一个球，刚跑完一场百米赛，或者刚以一个旋转的动作把铁饼远远地扔了出去，他们的目光总是看着上方，仿佛举着双臂在接上帝打来的一个高球。用砂岩雕刻的基督教的雕像都有足球队员的风采，高举双臂欢呼，因为刚刚胜利地踢进了一个球，而雅罗斯拉夫·伏尔赫利茨基的雕像却是倒在一张轮椅上。我跨过沥青马路，从阳光中走进契谢克饭馆，酒吧间里光线幽暗，顾客们的脸一张张都像闪光的面具，身躯则被黑暗吞没了。我下楼走进餐厅，在那里越过一个人的肩膀看到墙上写着马哈曾在这栋房子里创作了他的《五月》。我坐了下来，但举目朝上一瞥，不禁吃了一惊，这里的电灯跟我地下室里的一模一样。我站了起来，冲出门外，却迎面撞到了我的一

---

1 庸格曼（1773—1847），捷克民族复兴时期的诗人、翻译家、科学家、语言学家、文学史家。

2 沙法里克（1795—1861），斯洛伐克人，文学史家、语言学家和历史学家。

3 帕拉茨基（1798—1876），捷克历史学家和文化组织者。

4 马哈（1810—1836），捷克民族复兴时期著名诗人，代表作为长诗《五月》。

个老相识的身上。他喝得醉醺醺，马上伸手摸出小钱包，在一沓子纸条里翻找了许久，最后抽出一张递给我，我看了一下，原来是酒精中毒防治站的化验报告，上面写着：持证人血液中的酒精含量低于千分之一，此证。我把化验报告叠起还给了他，这位老相识，他的名字我已忘记，告诉我说他由于想改邪归正，喝了两天牛奶，谁知这就造成他今天早晨走路趺趺撞撞，他的头头认定他喝醉了，打发他回家，扣除他两天假期，于是他马上跑到防治站，做了检查，检查结果后来正式写在公文纸上：血液中未见一滴酒精。防治站还打了电话，批评头头说这样做打击了工人的积极性。为了庆祝他手中握有一张正式文件，证明他血液中未见一滴酒精，他从早晨起便开怀痛饮，一直喝到现在，他邀我同他去干上一杯，还说我们俩不妨再试它一次障碍滑雪大赛，几年前我们玩过，几乎每次都翻了船，只有一回走运，顺利通过了所有的目标。可是，我对障碍滑雪大赛已忘得精光，连一个目标也想不起来了，我的老相识——他的名字我也已忘记——一心要争取我，便兴冲冲地给我描绘开了。他说，我们将从霍夫曼酒店开始，在那里喝一杯啤酒，然后穿过下一个目标弗拉霍夫卡酒店，之后是小角酒店，从那里出来一路下滑到失守卫酒店，之后直闯米莱尔酒店，然后到纹章酒店，每一处只叫一杯啤酒，以便节省时间去闯下一个目标雅罗米克酒店，之后去拉达酒店，喝一杯啤酒之后马上开路，转移到查理四世酒店，随后直线下滑，笔直来到环球快餐店，之后放慢滑速，穿越下两个目标豪斯曼酒店和啤酒厂酒店，从那里出来跨过电车轨道到瓦茨拉夫王家酒店，接着通过下面的目标普基尔酒店或者克洛夫达酒店，之后我们还可以越过投达酒店和水银酒店，直奔胜利标前面的最后一标巴摩夫卡酒店或者肖莱勒快餐店。末了，如果时间来得及，整个障碍滑雪大赛将在霍尔基酒店或罗基察内酒店告终……在描述这一赛程时，他醉醺醺地伏在我的肩上，我挣脱他，离开了契谢克酒店，走进查理广场的花圃中间，那里盛开着赏心悦目的人脸似的蝴蝶花，崇拜太阳的游人已追着阳光移到夕阳照射着的长凳上。我走出那里不觉又回到了黑啤酒酿造厂的快餐部，要了一杯苦味酒，接着喝了一杯啤酒，随后又要了一杯苦味酒。我们唯有被粉碎时，才释放出我们的精华。透过树枝我看到新城塔堡上的氖光钟已在黑暗中发出亮光，当我还是个小男孩的时候，我曾幻想如果我当了百万富翁，我要给所有的城市大钟装上磷光字盘和指针。压力机处理的书在作最后挣扎，极力要挣断身上的绳索，肖像画，脸上皱得蘑菇似的老人，伏尔塔瓦河上吹来一阵风，吹过了广场，我喜欢这风，我喜欢黄昏时分走在莱特纳大街上，河水送来阵阵芬芳，还有斯特洛摩夫卡公园里草坪和树木的清香，这会儿街上的香味是伏尔塔瓦河上吹来的。我走进布班尼契克酒店，坐下来心神不定地要了一杯啤酒。两吨重的书堆在我睡觉的脑袋上方，快顶到天花板了，达摩克利斯剑每天悬在我的头上，是我自己把它悬挂在那里的。我是个蹩脚小学生，拿回家的是一张分数不及格的成绩单。小气泡鬼火似的往上升起，三个年轻人在角落里弹着吉他低声歌唱。每一种生物必定有其天敌，永恒大厦的忧伤，美丽的古希腊文化作为典范和理想。正统的旧式中学和人文主义的大学，与此同时首都布拉格的下水道和阴沟里两个鼠族在进行着殊死战斗。右裤腿的膝盖部位有点儿磨破了，青绿色和光滑的红色裙子。无力的双手犹如折断了的一对翅膀。农村肉铺挂着的大得吓人的猪腿。我谛听着下水道哗哗的水声。临街的店门推开，一个大汉走了进来，他身上透着一股子河水的气息，突然，出乎大家的意料，他抓起一把椅子猛地砸成两半，举着破椅腿把惊慌失措的顾客们驱赶到一个角落，三个年轻人吓得身体贴在墙上站在那里，活像雨中的蝴蝶花。大汉嚷嚷着要杀人，手里举着的棒子眼看就要劈下来，可是就在这最后一瞬间，他忽然用破椅腿打着拍子低声唱了起来……灰色的小鸽子，你在何方？他一面轻轻地唱着，一面打拍子，唱完之后他扔掉椅腿，赔偿了椅子钱，走到门边时他回身对胆战心惊的顾客们说……先生们，我是刽子手的帮凶……说罢神色沮丧、失魂落魄地走了。兴许他就是一年前那天夜里我在霍莱肖维采屠宰场附近遇见的那个人，他用芬兰刀顶着我，把我逼到一个角落，掏出一张纸来给我朗读了一首咏希强内农村美丽风光的小诗，读完之后他向我道歉，说眼下他找不出别的办法让别人听听他的诗。我付了啤酒和三杯苦味酒的账，走进微风吹拂的街道，我又来到查理广场。新城塔堡上明亮的大钟显示着没有意义的时间，没有哪里需要我急急赶去，我已悬挂在空中。我穿过拉萨尔斯卡大街，拐进一条小巷，沉思着开了收购站后门的锁，手掌在墙上摸索，摸到了电灯开关，我拧亮电灯发现自己已在地下室，在这儿我曾用压力机处理废纸，干了三十五年，新的废纸堆得高山似的，穿过天花板上的方洞口挤进了院子。为什么老子说诞生是退出，死亡是进入[1]呢？有两样东西永远使我的心里充满了新的、有增无减的惊叹，闪烁的夜光和内心的道德法则，说实话，干这份活儿得有神学院的学历，样样事情使我惊愕不已。我按了一下绿色电钮，随即又关上了，我开始抱起一大把废纸扔进槽里，铺平，在小耗子的眼睛里我看到了比缀满繁星的天空更多的东西，茨冈小姑娘睡眼惺忪地走来了，机器轻轻地动着，犹如手风琴演奏者在玩弄一支海利康大号。我揭开纸箱上盖着的博斯[2]的绘画复制品，从垫着圣像画的书箱中找出了那本书，上面有普鲁士王后夏洛特·索菲娅对侍女说的一段话……你不要哭，我为了满足自己的好奇心，现在要亲自去到那个地方，看一看就连莱布尼茨也无法向我说清的事情，我将跨越生和虚无的界线……压力机叮叮当当响着，红色电钮亮了，推板退回来，我放下手中的书，给槽里上料，机器涂了油，滑溜溜的，有如开始融化的冰。布勃内的巨型机将代替十台我在操作的这号压力机，这方面萨特先生和加缪先生描写得很生动，尤其是加缪先生。亮闪闪的书皮在向我眉目传情，梯子上站着个老头儿，蓝大褂、白皮鞋，

1 老子《道德经》中有“出生入死”句。

2 博斯（约 1450—1516），尼德兰中世纪晚期著名画家。

翅膀呼啦啦地扇动卷起一片尘土，林白飞越了海洋。我关掉绿色电钮，摊平槽里的废纸，铺垫成一张小床的模样。我依旧是原来的我，没有什么可以羞愧的，我依旧为自己感到自豪，像塞内加跨进浴盆一样，我一条腿跨进槽里，我等了片刻，然后另一条腿也跨了进去，我把身子缩作一团试了试，爬起来跪在槽里按一下绿色电钮，马上转身蜷缩在机槽里的小床上，在废纸和几本书的中间，手里牢牢地攥着一本诺瓦利斯[1]的作品，手指按在向来使我激动不已的那一句上。我幸福地微笑着，因为我开始同曼倩卡和她的天使一样了，我开始跨进一个我还从未去过的世界，我攥着的那本书中，有一页写道……每一件心爱的物品都是天堂里百花园的中心。我不去梅朗特立克印刷厂的地下室捆白报纸，我像塞内加一样，像苏格拉底一样，我选择了倒在我的压力机里，倒在我的地下室，也就是说在这里升天。虽然压板已在挤压我缩在下巴底下的双腿和其他部位，我拒绝被赶出我的天堂，我在自己的地下室，没有人能把我从这里赶出去，没有人能把我调离这里。一个书角顶着我的一根肋骨，我不由得呻

1　诺瓦利斯（1772—1801），德国早期浪漫派诗人，他的散文诗《夜颂》把死亡赞颂为在上帝面前过一种更高尚的生活。

吟起来，我仿佛注定要在自己制造的刑具上认识最后的真理。压板像一把儿童折刀在朝我合拢，在这真理的时刻，茨冈小姑娘出现了，我同她一块儿站在奥克罗乌赫利克，天上飞着我们的风筝，我牢牢地拉着风筝绳，我的茨冈小姑娘这会儿从我手里接过那团麻绳，她在独自放了，两腿分开使劲站稳在地上，免得飞上天去。后来，她把一张纸片顺着风筝绳送上天空，在最后一刻我看见了，纸片上是我的面孔，我惊叫一声……睁开眼睛，我呆呆地看着膝上，我的手里抱着一大束连根拔出的蝴蝶花，衣襟里全是泥土。我木然望着地上的沙子，当我抬起眼睛时，却见灯光下我的面前站着穿青绿色裙子和光滑红裙的人。我把头往后仰了仰，原来是我的那两个茨冈女人，她们打扮得很漂亮，她们背后，新城塔堡大钟上的指针和字盘透过树丛闪着明亮的光，穿青绿裙子那个摇着我的身体喊道……大叔，看在上帝和救世主的份儿上，您在这儿干什么？我坐在长凳上愚蠢地微笑，什么也不记得了，什么也看不见，什么也听不见，因为我也许已经到过天堂里百花园的中心。因此我也无法看见，无法听见我那两个茨冈女人怎样挽着两个茨冈男人的手臂，踏着波尔卡舞步，吵吵嚷嚷地穿过查理广场的花圃，从左边转向右边，在铺着细沙的那条小径的弯道上消失了，消失在浓密的灌木丛后面。

1976年7月

译后记

杨乐云

《过于喧嚣的孤独》是赫拉巴尔这位捷克当代著名作家的一部代表作，也可以说是他的许多优秀作品中思考最深、花的心血最多的一部佳作。

赫拉巴尔年轻时从事过十多种不同的职业中，有四年（1954—1958）是在布拉格的一个废纸回收站当打包工。《过于喧嚣的孤独》这部中篇小说，就是通过一个在废纸回收站的老打包工汉嘉的通篇独白，讲述了他在这里工作了三十五年的故事和所思所想。据赫拉巴尔自己说，这个选题他自1954年到废纸回收站工作以后，在他脑海里酝酿了二十年之久，废纸回收站四年生活的感受如此之深，使他一直没有放弃这个题材，而是不断地对它加以补充，进行反复深沉的思考，直到主人公汉嘉与他自己融为一体。这部作品在相当大的程度上是他的一部带有自传体性质的小说。

《过于喧嚣的孤独》的成稿过程也不大一般，他推倒重来一共写过三稿。第一稿作者自称“是一部阿波利奈尔[1]式的诗稿”，因为他“把整个故事看成仅仅是抒情的了”。第二稿改成了散文，用的是布拉格口语，可他觉得缺少嘲讽味，即我们在文中感受到的黑色幽默。他认为，书中主人公，一个通过阅读废纸回收站里的旧书而无意中成为的文化人，用口语来做他的独白不适合，于是又改用作者所说的“一丝不苟的严谨语言，捷克书面语”写出了第三稿。这一稿犹如一部忧伤的叙事曲，他满意地说：“直到现在这个故事才是动人的。”他自己被感动得几乎流泪。小说完稿的时间是 1976 年，可当时无法问世，只能放在抽屉里，1987 年作家瓦楚利克[2]用自行刊发的形式将它出版，让它与读者见面。这样一部佳作，直到 1989 年年底才由捷克斯洛伐克作家出版社正式出版。

赫拉巴尔大学毕业后曾取得了法学博士学位，但他没有按部就班地沿着这条人生道路走下去，而是重新建构了他自己的生活，在

---

1 阿波利奈尔（1880—1918），法国著名的现代派诗人，超现实主义派的先驱。长诗《地带》是他的代表作。

2 瓦楚利克（1926— ），捷克当代小说家，杂文家，文化、政治评论家。代表作有《豚鼠》《捷克圆梦书》。

各式各样甚至像高温的钢铁厂、肮脏不堪的废纸回收站的地下室这样艰苦环境下当一个普通劳动者。他说：“对于我来说，最重要的是生活、生活、生活。观察人们的生活，参与无论哪样的生活，不惜任何代价。因此，从事随便哪种职业在我都无所谓。我心里想，既然别人能在冶炼厂生活，我为什么不能？与此同时，从这些职业流进我心田的千百种意象和感受，使我的幻想恣意驰骋。”理所当然，赫拉巴尔深刻、丰富的生活经验和由此引发的“恣意驰骋”的幻想，在他的笔下便凝聚成了他独特的艺术表现风格和手法。

赫拉巴尔小说中的主人公大都是一些普通人，是他自己与之等同并称之为“时代垃圾堆上”的人。这些人的处境往往很悲惨，可是他们透过“灵感的钻石孔眼”看到的美景却使他们沉迷得如痴似醉。幻景与现实形成的强烈反差正是赫拉巴尔小说的魅力所在。《过于喧嚣的孤独》中废纸回收站的老打包工汉嘉也是一个处于社会底层的普通人。他孑然一身，没有妻儿，没有亲友，终日在肮脏、潮湿、充塞着霉烂味的地窖子里用压力机处理废纸和书籍。他浑身脏臭，当他偶尔拿着啤酒罐走出地窖子去打啤酒时，他那副尊容会使啤酒店的女服务员背过身去：手上染着血污，额头贴着拍打死的绿头苍蝇，袖管里会跳出一只老鼠。就是这样的生活，他年复一年度过了三十五个春秋。他没有哀叹命运的不济、社会的不公，却把这份苦差事看成他的 Love story，把阴暗潮湿的地下室看作“天堂”。他说三十五年来用压力机处理废纸和书籍使他无意中获得了知识，他的“身上蹭满了文字，俨然成了一本百科辞典”，他的脑袋“成了一只盛满活水和死水的坛子，稍微倾斜一下，许多蛮不错的想法便会流淌出来”。他满怀深情，有时也不乏自嘲地回忆自己那已经逝去的岁月，讲述他的“爱情故事”，诉说他对视如珍宝、圣物的书籍的青睐。他细致入微地描绘读书的乐趣，以及从废纸堆中救出珍贵图书给他带来的喜悦。他沉痛地倾诉目睹人类文明的精华、世界文化巨人的著作横遭摧残时心头感到的撕肝裂肺般的痛惜与愤懑。由于这一切都出自一个普通老打包工之口，读来格外扣人心弦。

《过于喧嚣的孤独》或许是这位作家最后一部传世之作。他自己对这部作品曾经说过如下语重心长的一段话：“我之所以活着，就为了写这本书”，“我为《过于喧嚣的孤独》而活着，并为它而推迟了我的死亡”。可以说，赫拉巴尔确实将他深沉的思考，无限的爱，他的全部忧郁和惆怅都放进了这部作品里。

赫拉巴尔的晚年过得并不幸福。他没有儿女，妻子去世后他生活孤单。1989 年 11 月捷克政体改变之后，舆论界对他偶有微词，不公正的指责刺伤着他敏感的心。1996 年年底，他因患关节炎、脊背痛住进医院。次年 2 月 3 日，正当他即将病愈出院时，人们发现他突然从病房的五层楼窗口坠落身亡。这一悲剧是出于自杀，还是由于探身窗外喂鸽子时的不慎失误，无人说得清。它将永远是个谜。对于广大读者来说，在悼念、惋惜之余，不免要把这个谜与他笔下经常出现的人物联系起来加以猜测，感到它多少带有些“中魔”（巴比代尔）的色彩。

杨乐云

2002 年于北京

赫拉巴尔和他的作品

刘星灿

赫拉巴尔是二十世纪捷克文坛继《好兵帅克》作者哈谢克之后，又一位家喻户晓、深受老百姓爱戴的文学奇才。他的作品大都描写普通、平凡、默默无闻、被时代抛弃在“垃圾堆上的人”。他的一生都同这些人在一起，同情他们，爱着他们，把自己与他们等同，发掘他们心灵深处的美，收集了他们成千上万的语言精华及故事，创造出一群平凡而又奇特、光芒四射的人物形象。

博胡米尔·赫拉巴尔于1914年3月28日生于布尔诺附近的日德尼采。据说他的生父是名奥匈帝国士兵，与年轻漂亮的摩拉维亚姑娘相爱，生了他之后随军离去。三岁前他同母亲一起住在外公外婆那里，1917年母亲认识了啤酒厂会计并结婚，养父待他和弟弟同样都很好，六岁搬家到宁城，父亲当了啤酒厂总管，后来成为市啤酒厂承包人。在赫拉巴尔的眼里，他父亲是个工作专注，“干起活儿来恨不得把世界钻个洞，别的什么也不想”的人；他母亲性格开朗、爽快利落，迷恋戏剧，当业余演员，除了当父亲的工作助手和料理家务外，哪里一有演出，提起脚就上剧院。她平时也打扮得漂漂亮亮，总爱成为人们瞩目的中心。赫拉巴尔说他小时候觉得他妈妈像他的姐姐，不像个身着围裙的普通妈妈。他有点儿受不了父母对他过分的关爱，常以逆反与沉默的目光来表示腻烦。在大人眼里，他是个脾气有点古怪和倔强的孩子。

上学对年幼的赫拉巴尔来说是活受罪。他学习不专心，上课时，人虽坐在教室里，心却在想着别的什么，因此成绩不好，留过级。父母想给他换个环境，把他送到布尔诺上中学，可中学一年级他除体育、音乐、自然课之外其他功课都不及格。他只好转回宁城念中学，中学四年他却留了两次级。成绩不好和留级的恐惧使他产生一种罪过感和羞怯心理，总不好意思见人，觉得谁都比他懂得多；可他有时又爱出洋相和用一些怪癖行为来逗得同学们开心，以摆脱他的窘境……然而，他从小就酷爱大自然，喜欢阳光照射中的空气，落日映照下河面的霞光。他黑夜里常常爬上屋顶去看闪烁的星星和灯火通明的小镇，或者爬到啤酒厂后院的大树上去惬意地待着。他喜欢在树林中逍遥自在地闲逛，漫不经心地徒步远游，或在开始解冻的裂冰上蹦跳着越过易北河……他在学校里的郁闷和不自在的情绪，却在啤酒厂的工人宿舍里和箍桶房里得到了化解。在那里，他聆听酿酒工人和箍桶匠们的谈话就像在学校倾听老师讲课那样的专心。父亲到各个与啤酒厂有关的饭店和小酒家去处理账务方面的事情时常常带他同往，他便找个空位，坐在一旁观看顾客饮酒，聆听他们交谈，不知不觉学到了很多在学校和课本上从没听到过的知识。他从小时候开始，便日复一日、年复一年地听到人们面对困苦的生活那苦中求乐的侃谈。从此，他一辈子也没停止过到小酒家去倾听人们的心声，并把所获得的、所感受的写进他后来的作品里。

就在赫拉巴尔十岁那年，他的贝宾大伯来到了他家。起初说是来探望十天半月，结果在啤酒厂当上了仓库管理员，一住就是四十多年，一直到他逝世。这位当过皮鞋匠的贝宾大伯饱经沧桑、见多识广、幽默乐观、性情奔放，有着讲不完的故事。他讲起故事来，绘声绘色，把故事中的“他”同现实中的“我”，再加上听众的“你”糅在一起，令你感同身受，跟着故事的主人公一起冲出苦难，同喜同怒同悲同乐。这位大伯很快就抓住了这个十岁孩子的心，给了他无穷的乐趣和奇思遐想，充实了他的童年生活。特别是，他从贝宾大伯那些有如民间说书人、预言家的富有诗意和魅力的讲述中，学会了专心聆听、观察和表达。那些像他的贝宾大伯一样的普通人从此吸引着他，他从他们的谈话中发现了许多明哲圣人的思想。赫拉巴尔后来说，贝宾大伯实际上是他精神上的父亲，是他日后文学创作的缪斯。多年之后，有人问他："假如你还能见到过去的人，那你最想见到的人是谁？"他不假思索地说："贝宾大伯。"他的作品中，常有贝宾大伯的影子出现，他的《老年维特的烦恼》《时光静止的小城》《中级舞蹈班》就是以贝宾大伯为原型创作的。他在《我曾侍候过英国国王》中所采用的"语流"的说书形式，也宛如贝宾大伯在讲故事。

中学毕业后，赫拉巴尔带着母亲的殷切期望、父亲的"你将来能有什么出息呢"的忧心与悬念，离开故乡宁城，来到首都布拉格报考大学。为了能够取得进入大学的必需条件之一，他先到私立学校学习一年拉丁语，竟意外地发现自己具有语言才能，半年后就能读古罗马诗人的《变形记》原文。1935年10月，赫拉巴尔注册进入查理大学法学院学习，其实他对学法律不感兴趣，只是为了不再听到父亲那句担忧的话语，不使家人失望才违心地报考了这一专业。入学后他以前所未有的热情拼命阅读本国及世界的文学和哲学著作，兴趣极浓地关注造型艺术和音乐。这可能与法学院、语言文学院、工业造型艺术学院、布拉格之春音乐大厅、工艺美术博物馆及一家被认为最好的书店相距咫尺这一特定的方便条件有关。他崇尚诗人兰波[1]、阿波利奈尔[2]，特别是波德莱尔[3]，哲学家康德、叔本华[4]和拉·克利马[5]，以及老子和他的《道德经》。这个时期他还结识了青年演奏家和诗人卡雷尔·马利斯科，画家沃·博乌德尼克这两位终生挚友，还有一些志同道合的青年。他们经常一同试笔写诗，抒发青春忧愁和躁动；一起崇尚“该诅咒的诗人”，模仿他们超现实主义打扮的模样；为了老子《道德经》中的一句话，他们可以花上整个晚上来讨论。这些书籍和朋友，对形成赫拉巴尔的创作和生活观也起了相

---

1 (1854—1891)，法国诗人，象征主义运动的典范。

2 (1880—1918)，法国诗人，超现实主义先锋。

3 (1821—1867)，法国现代诗人，《恶之花》作者。

4 (1788—1860)，被称为悲观主义哲学家，他是黑格尔绝对唯心主义的反对者，新的“生命”哲学的先驱者。因而带有强烈的悲观倾向。

5 (1878—1928)，捷克哲学家，他的激进主观唯心论与叔本华、尼采相近，主要作品为《世界即知觉和无》。

当大的作用。

纳粹德国占领捷克，法学院于 1939 年 11 月 17 日停课关门。赫拉巴尔不得不拿着法学院八学期的肄业证书回到家乡宁城谋生，他先在公证处当助手，帮人抄抄写写；后在宁城铁路职工生产合作社当仓库管理员；在宁城火车站当小工铺枕木、敲碎石；在火车调度员培训班学习后，穿上铁路职工制服正式当上了火车调度员。战后复学，1945 年年底通过国家考试，第二年获法学博士学位。赫拉巴尔在服过五个月的义务兵役之后，接着谋生找工作，先在老弱病残小手工业基金会当代理；后在一家批发公司当业务员代表，接着又在另一家公司当推销员。赫拉巴尔说，参加这些工作可以帮助他克服胆怯害怕见人的弱点和广泛接触各类人士。但他这时还一直同父母一起住在宁城。每到休假日他便匆忙回到啤酒厂空无一人的办公室，坐到打字机前记下他的见闻，写些诗歌、散文或短篇、札记，这些以打字形式保留下来的原汁原味的故事、事件和习作，日积月累越攒越多，成了他后来加工创作的丰富素材。20 世纪 40 年代末这段时期，他创作了《偏僻的小街》《保险业中的功名前途之终结》等十多篇作品，但因 1948 年企业国有化、宁城印刷厂关闭而未能问世。

1949年赫拉巴尔毅然离开宁城郡四房一套的住宅，那张置放着他自己的用褐色丝绒覆盖着的写字台、大书柜、瓷砖壁炉的工作室，那有着法国塞夫尔瓷器[1]、餐具和妈妈做的可口食物的餐厅，还有那摆满一瓶瓶葡萄酒、一桶桶啤酒的地窖等这些优越的生活条件，顶着个“法学博士”的头衔，来到布拉格，先在老城区租房住，后搬到利本尼区堤坝巷24号的这个位于从前荒凉的鱼池边、住了许多茨冈人的破旧贫民区，一个废弃车间改成的大杂院里。这里的墙上壁粉剥落，厕所和洗澡间都要穿过外面的院子，连洗漱用水也要提着桶到外面去打。

他自找苦吃地找到并深深爱上了这个环境，爱上了住在这里的性情豪放、酷爱音乐、身穿五彩缤纷衣衫的茨冈人，还有附近那些宾至如归的小酒家，且一住就是二十年。这期间，他每天早出晚归来回四十公里到克拉德诺钢铁厂去劳动。除炼钢技术人员、老工人外，在那里同他一起劳动的还有许多从前的教授、工厂主、银行经

1　塞夫尔瓷器为法国著名的硬质瓷和软质瓷，从1756年至今皆产于凡尔赛附近的塞夫尔皇家瓷器厂（现为国家瓷器厂）。

理、学者、小业主、企业家、律师、男女囚犯、普通人和搞政治的。这个前来接受劳动改造的各阶层人物的大杂烩,简直让他大吃一惊。在他身旁劳动的人们有着各种不同的命运,他从中找到了写作的丰富题材及写作方法。他认识到:“只有理解他人,才可能理解自己。生活,在任何地方都要不惜任何代价参与生活。”他不在乎任何职业,他说:“既然人家能在钢铁厂生活,为什么我不能呢?”他不时思考和反复琢磨他在工作中的体验和亲眼见到的一幅幅画面,然后将它们一一写下来。他的作品就是用他所认识的人们的生活、他所生活过的环境,而首先是他自己的生活写就的优美散文。他说,在他的作品中,“最大的英雄是那个每天上班过着平凡、一般生活的普通人;是我在钢铁厂和其他工作地点认识的人;是那些在社会的垃圾堆上而没有掉进混乱与惊慌的人;是意识到失败就是胜利的开始的人。”短篇小说《雅尔米卡》就是他在这个时期的重要代表作之一。在这篇作品里,作者怀着深深的同情,描绘了钢铁厂一位专给钢铁工人们送饭的年轻女工——一名未婚孕妇的命运。这些不幸者虽然命运不济,可是作者却看到:“他们一刻也没有失去生活,没失去对生活的幻想,而我则对他们深深地鞠躬,因为他们常常在笑和哭……”这笑和哭两个极端对赫拉巴尔来说很具典型意义。他说过：“基本上我是一个乐观主义的悲观者和一个悲观主义的乐观者，我是双重的、两面墙的，有着拉伯雷式的笑和赫拉克利特式的哭。”大写的“是”与大写的“非”是彼此相属的。在克拉德诺钢铁厂四年的劳动，是他另一所上了八个学期的大学校，这里不仅铸造了钢，同时也铸造了人，他整个地变了。从此，赫拉巴尔终于在生活的忧伤感和幽默中建立起他的美学基础，在不断地写作中享受他苦涩的幸福。虽然，在当时的环境下，他的作品顶多只能在某些刊物上发表，或躺在抽屉里没有能够出书，但在他的朋友圈子里已经明显地拔尖，连伊希·科拉什这位不仅对赫拉巴尔有着重要影响，而且是当时捷克文学家、美术家中较有影响的人物，也曾在日记中评价赫拉巴尔的作品说：“他的真实性总是将我击中，场面的复杂和表现的简洁把我紧紧擒住，他深深爱着的不仅是他的人物，而且是每一件事、最不起眼的事情，他甚至善于说出作为他真正爱着的那些最粗鲁的东西，但是他所说出的并不粗俗或下流。”

1952年，赫拉巴尔在钢铁厂受重伤住院医治和疗养了一段时间后，被宣布他只能从事轻微劳动，他因不能再干重活而离开了钢铁厂。紧接着于1954年10月他便到了废纸回收站做打包工，跟论吨称的废纸打交道。这哪算什么轻微劳动啊！其实是又累又脏、非常繁重的重活，劳累之余他便打字（写作）、构思创作、上小酒馆聆听收集社会生活素材和看书。在这里他有机会读了大量被送来当废纸处理的书和画册，那是当时在图书馆和书店都不可能见到的精神食粮。他曾自嘲地说："我实际上是死尸的偷窃者，是博学者石棺的盗墓人。这实在是我的一大特点，在这方面我是一个革新者、实验者。我老是在琢磨，可以到什么地方哪个死了的和活着的作家及画家那儿去偷点儿什么，然后像狐狸一样用尾巴扫掉作案地点的痕迹。我完整无缺地盗了塞利纳、翁加雷蒂、加缪、鹿特丹的伊拉斯谟、弗林格蒂和凯鲁亚克的墓。如果说在我的、只属于我的跳板上写出了些什么像样的东西，那都是别人说过的话，我实际上只是小酒家和小饭馆顾客们的扒手，跟仿佛我偷了他们的衣服或雨伞是一回事儿。"通过赫拉巴尔这自嘲般的自述，我们看到他是多么的勤奋学习、善于学习，把不管是前人还是现实生活中的，不管是文学家、画家作品中的，还是名不见经传"时代垃圾堆上的人"的谈话，他都拿来，经过筛选、咀嚼、消化，为他所用；而且用得自然、恰当。老子的《道德经》，每年他至少温习一遍。他在作品中甚至把老子和耶稣“邀”到一起讨论人生哲学。

赫拉巴尔在废纸回收站工作期间写出的《人们的对话》《傍晚的布拉格》和《相会》等被两家刊物发表,引起了几位作家对他工作、生活情况的关注。科拉什等三位著名作家给捷克斯洛伐克作协主席团致信，提请他们“注意一个事实，即作家协会出版社即将出版其书的作者博·赫拉巴尔在废纸回收站所干的废纸打包工和装卸工的工作，耗尽了他的体力和精力，使他精疲力竭，无法再继续进行文学创作……请求作协用自己的影响去改变赫拉巴尔目前所处的这种境况，使他能够继续进行文学活动”。他们的信及努力使赫拉巴尔获得了捷克文学基金会的半年补助金，每天只劳动半天，以便能完成一部短篇小说集。但他却因此遭到回收站领导的不满，于 1959 年 2 月 16 日解除合同。他只得到诺伊曼剧院当舞台布景工，当时短篇小说集《线上云雀》虽已完稿，并一张张校对过，可是由于时世不顺，出版困难而被搁置下来。又是得力于科拉什的支持，赫拉巴尔于 1962 年元旦成为自由撰稿作家。

赫拉巴尔虽然从年轻时就从事诗歌、散文和短篇小说创作，并陆续在刊物上发表作品，但直到 1963 年，他四十九岁时才由出版社正式出版了他的第一本书《底层的珍珠》。此书一问世，随即引起极大反响。它以交谈对话的形式讲述了普通老百姓十二个故事片断，故事中的几十个人物似乎就在读者身边，使人读来感到格外亲切，给当时较为沉寂的文坛吹来一阵清风。捷克作家协会出版社给他授奖。又由于它大众化的语言，布拉格式的幽默和十分形象的人物及环境刻画，非常适合拍成影片，随即于 1965 年 8 月举行了《底层的珍珠》电影首映式，取得轰动一时的效果。同年，赫拉巴尔加入作协。

继《底层的珍珠》之后，1964 年 3 月出版了他的《巴比代尔们》，8 月出版了《中老年中级舞蹈班》；1965 年 3 月出版了《严密监视下的火车》，这几本书也都曾获出版社奖。其中《严密监视下的火车》叙述一位青年在二战期间偶然成为反法西斯英雄的故事，拍成电影后获奥斯卡外语片奖。

关于《巴比代尔们》，咱们还得先来谈谈它的词意。

“巴比代尔”(Pabitel) 是赫拉巴尔为概括他作品中的一种特殊类型的人物形象而创造出来的一个新词，是至今在任何一本捷克文字典中也无法找到的。这是一些身处极度灰暗之中而又能“透过钻石孔眼”看到美的人。用作者的话来说：“他们善于从眼前生活中找到快乐”，“善于用幽默，哪怕是黑色幽默来极大地装饰自己的每一天，甚至那些最悲惨的日子”，“他们说出的话被那些理智的人看作不合理的，他们所做的事情是体面人不会去做的”，“他们滔滔不绝地说个不停，仿佛语言选中了他，要通过他的嘴巴来瞧见自己，证明自己的能耐有多大”。他们喜欢幻想和夸张，他们一听到水龙头滴水的声音，便会立即拿起铅笔描绘出尼亚加拉大瀑布，他们在昏暗之中却为光彩夺目的五颜六色而着魔。他们貌似无知，说一些很没意思甚至荒唐的话，而他们的想象力却足以将艺术作品中令人厌恶的现实转变为一种特殊的美，将某种不愉快的、讨厌的、危险的、忧伤的或者悲剧性的现实改造成一种富有美学意义的享受，虽然不乏悲剧与激奋之情，然而却是很美的。因此，通过他们的嘴巴，他们生活中的那些普通、平淡的事情便成了寓有深意的神话或传说，巧妙地起到一种对现实的反衬作用。正如《巴比代尔们》短篇小说中的水泥厂，在那些退休老工人眼里却成了一个使他们十分迷恋的世界。在《过于喧嚣的孤独》中那苍蝇成堆、老鼠成群、潮湿恶臭的地下室，却被废纸打包工汉嘉看作“天堂”一样。赫拉巴尔数语道破“巴比代尔”言行的本质，说他们的言行“是通过些微的谎言来触及通常难以抓住的真理的一种轻而易举的秘密，是一种逐渐转变为严肃剧的娱乐。它不仅是一种生活方式，而且是一种使生活重荷变得轻松些的风格。是对类似阿里乌教派的生活的认同，因为就连希腊诸神也为人们因凡人的辩证法受苦受累而高兴得发笑。他们的言行举止亦系生活在底层然而却朝上看的达摩式的漂泊生活，是从鹿特丹骑马去英国的伊拉斯谟所著的《愚人颂》”。作者不仅认为哈谢克笔下的好兵帅克是巴比代尔，而且说：“我的老师雅罗斯拉夫·哈谢克的生活，乃至我自己的生活都是令人不快的巴比代尔式的。”赫拉巴尔不仅与他作品中的这些人物等同起来，而且非常重视他们的语言，搜集了成千上万他们的俚语、隐语、反话和只可意会、难以用书面文字来传达的交谈，他说：“仿佛世界上所有的人都达成了协议，他们不断地打破语言常规。”“仿佛每个民族都至少有两种语言，每个字有两种表达方法：书面语言和非书面语言。非书面语言在当代散文中是必要的，就像选择主人公时，转向选择看上去更普通、文化不怎么高、生活在时代乃至语言边缘的那些人一样必要。我想，在一个诞生了哈谢克的国土上，用不着提醒非书面语也可用作表达的基本手段这一点，只是需要有观察力和对环境的熟悉，以及来自能立刻将读者带到主人公的处境中的对话与俚语。俚语是民间匿名天才们富有创造性的成果，同时，俚语给口头语风格增添了光彩。我认为，书中的人物在他们的环境中不仅按照他们的习惯而且用他们自己的语言来欢快地交谈，这样的人物会敏捷得多、聪明得多，也杰出得多。”赫拉巴尔创造出言行举止如此这般的巴比代尔系列人物形象，在捷克的普通老百姓、读者大众中引起了心领神会的共鸣，有位读者给赫拉巴尔去信：“假如说，在我们捷克有什么特别值得欣赏、独树一帜的，总而言之百分之百、无法模仿的捷克式的特点的话，赫拉巴尔先生，那恰恰是‘巴比代尔’和‘巴比代尔式’的举止言行。谢谢你呀，赫拉巴尔先生。”我想说，首先，赫拉巴尔是用他毕生身处一个普通劳动者地位的亲身体验，以及他对社会生活非凡的洞察力而从现实生活中挖掘出来的这种最具捷克个性、富有特殊魅力的人物形象。其次，从文学创作的角度来看，正如作者本人所说，“这是一种尝试，看看小说能否以另一种形式来写，用我以往不曾使用过的形式。写出从形式到内容都一反传统的作品,这是一种莫大的诱惑,是一种如履薄冰的试验。”“我必须用隐语来写作,向各种习俗和禁忌挑战。”“我总是努力去盗火,越过禁忌,来打造自己和自己的作品。即使普罗米修斯知道他将受到惩罚,将会飞来一只巨鹰啄他的肝也在所不惜。他那火是从众神那里盗来的,为此而自己付出了代价,但他却将某个东西向前挪动了。这就是保守主义与革新的对立呀……”

直到此刻,我们仍旧很难从汉语中找到某个俚语来贴切地套上“巴比代尔”这个词。有人将它译成“中魔的人”,有人将它译成“神侃家”(单数)或“神侃族”(复数),笔者曾想将它译成“快活神”,真可谓见仁见智、各有千秋。但是想来想去,仍觉不尽如人意,还概括不了这类人物的全貌。“巴比代尔”既是某种人,又是某种语言、某种行为、某种精神、某种特定环境中的奇特产物、某种捷克式或布拉格式的幽默,而这个词对赫拉巴尔的作品又非常重要。幸好从我接触到的数本赫拉巴尔作品的其他外语译本中,发现它们都原封不动地保存了捷克文“Pabitel”这个词,我们也暂且将它音译成“巴比代尔”,也好让读者有个自由想象的空间。

既然谈到赫拉巴尔作品中普通人物的语言问题了,让我顺便就此提一下他的行文风格。毫无疑问，快速的“语流”，多用口语特别是俚语，是其行文风格之一；他还爱独创字词，而且有时不按常规使用标点符号，例如：不直接用引号，以删节号代替句点，有的整本书没有标点符号（如《新生活》）；有的句子中出现连小学生也能看出的不合常规的文法；个别地方出现不加修饰或前后重复或上下文不连贯的现象。

为什么这样？

赫拉巴尔在他的自传体三部曲中，借他妻子的口来对他母亲说：“……我看了一下他那本出了名的书[1]，总有这么个印象，觉得凡是读它的读者恐怕都得在家里继续将它写完。我丈夫写东西就像我采购来的半成品食物一样，回到家里还得加工、烧煮、尝一尝，才能变成可口的食物……他的那些短篇小说，结结板板的，就像坏了的牛奶一样。你怎么看，妈妈？”她婆婆回答说：“你说得非常对。瞧，他不仅在小学，而且尤其在中学，文法课的分数总是‘不及格’或者‘最差’，我说的是捷克语文法哩……”果真是他小时候文法不

1　指赫拉巴尔的处女作《底层的珍珠》一书。

过关留下的后遗症吗？看看他自己怎么说的吧：

“我的风格就是错误百出，可由此而构成我的魅力。为我编书的那位女编辑说，当我们一起处理《哈乐根的数百万》那部书稿时，出版社的语言部门指出我稿子中的文法与修辞上的错误多达数百个。可她却交代他们说：‘改掉那么五十来个错就行了，其他的别去碰！这是赫拉巴尔风格的魅力所在，这都是他在语言上的一种偏颇。我们得忍住别去改动它。我们要是一改，这本书就会失去它的魅力。’她说这样做好比我们想要修改毕加索的素描一样，‘喏，只要你用橡皮往那儿一擦，那么，那画上所具有的，可以说那些亚里士多德式的、合乎审美地起着作用的一切就都给毁了。’或者说我就是个处在杂乱无章的包围之中的人，真是这样，可我不在乎，因为我就是这么个人。”“由于我自己是一个普通人，我最喜欢同所谓的普通人聊天……正因为我感兴趣的是普通人，我便竭力像他们那样说话……我把自己当作一名作家来审视时，我的看法大概同我的妻子一样，她始终感到惊异，不明白怎么会有人如此缺乏教育，竟然把我看作一个受过教育的人。”对赫拉巴尔所言，也许读者能够同我一样，能理解，能赞同，甚至进一步去欣赏他作品的魅力所在。

继《巴比代尔们》之后，赫拉巴尔还出版了《为我都不愿住的房子做的广告》(1965)、《这座城市是在市民的共同关注之下》(1967)，并汇编出版了《赫拉巴尔引用名人名言集》(1967)，真可谓好戏连台。他多年来存放在抽屉里的作品一本一本加工整理问世，他随即当上了文学报编委会委员。

正当赫拉巴尔的文学事业顺利向前推进的时候，1968 年 8 月，外国的飞机、坦克、军队入境，此后，新上台的权力当局像对其他不愿公开表态支持入境占领的作家一样，在他头上狠狠地击了一棒：当时他妻子正在十年前他干活的废纸回收站工作，突然发现卡车运来作为废纸销毁的一包包新书中有她丈夫的作品《花蕾》和《家庭作业》，她从中拿了一包回家。随后，他们又发现书店和图书馆把所有有赫拉巴尔名字的书都从书架上撤下不见了。根据他的作品《线上云雀》和《为我都不愿住的房子做的广告》拍的电影也遭禁映。参加他生日聚会的人遭到盘问。显然，移居到林中空地小木屋里的赫拉巴尔是无法申辩的。他想死，但不能就这样死去；要活，也不能这样窝囊地活下来。唯一的办法只有写，继续拼命地写下去。这就是此后他一大批优秀作品产生的特殊环境背景。正如陀思妥耶夫斯基在狱中以为必死无疑之时却写出了令人欣慰和欢快的《小英雄》那样，在他的荣誉、作家身份、出书机会乃至靠干体力活挣钱糊口的职业都丧失殆尽之后，在无人来访、孤寂的林中小屋里，在深陷于长期持久的忧郁心情之中，却写出了他最富田园诗风格的、反映他的幸福童年、故乡及父母、贝宾大伯的回忆录系列三部曲：《一缕秀发》《甜甜的忧伤》和《时光静止的小城》，这是他在最艰难的时代对自己和读者的一种慰抚。也正是在这个对赫拉巴尔来说最无奈、最艰难的时期，他却写出了他全部作品中的顶峰之作《我曾侍候过英国国王》（1971 年完稿）和《过于喧嚣的孤独》（1976 年完稿）。

《我曾侍候过英国国王》是赫拉巴尔在创作上的一个重大转折。它既不是用剪刀剪接的五彩拼画，也不是蒙太奇式的电影片断，更不是作者惯用的巴比代尔式的滔滔不绝的开心神侃，而是用语流、说书的形式以一长串连贯的故事描绘出的一个复杂而敏感的现代人的人生道路。作者完全沉浸在一种仿造回忆的虚构世界之中，以十八天的神速，在夏日的阳光直晒下一气呵成了这部离奇而又现实、夸张而又平凡、平静而又撼人的中长篇小说，且至今未改动过一个字。

通篇小说的这位说书人就是小说的主人公。这个不起眼的小个子餐厅服务员实际上没有名字，在总共只有五章的头三章中，连一点儿关于这个主人公名字的影子都看不到，直到第四章，他要与一位德国姑娘结婚，纳粹分子出于种族要求，我们才知道他爷爷叫约翰·迪蒂尔（德文“孩子”的音译）；再后来，文中才点出他自己的姓氏至今一直叫“吉杰”（捷文“孩子”的音译），他这意为“孩子”的姓氏本身就暗示着：他是用一个孩子的天真好奇、自然诚实的眼光来观察大千世界中这一幅幅光怪陆离的画面的。但这个敏感的小个子却一直有着一种低贱的自卑感，而又偏偏不时遭到不公正的贬低、怀疑、诬蔑和威胁，因此他在任何场合下都要千方百计去与他无法达到的偶像比个高低，以便将来有朝一日也能成为有钱的旅馆大老板——百万富翁，这个愿望却又富有嘲弄意味地实现了，却是在财产被没收的百万富翁拘留所里。几乎他所有的生活目标都是这样富有嘲弄意味地“达到”而又统统落得个与他的愿望恰恰相反的下场，最后他只得与猫狗羊驹为伴，到那偏远荒野去修一条象征他的一生的、总也修不好的路。

《我曾侍候过英国国王》的故事发生在第二次世界大战前后的捷克。社会与政治事件尽管不是说书人叙述的明确中心点，然而却是故事中最本质最重要的一个层面，小说主人公因阴差阳错与一个原为体育教员后在德军服务的德国姑娘结婚而得以闯进纳粹的人种培育中心、纳粹伤员疗养院等纳粹的后院、内部，近距离地看到当时耀武扬威、东征西讨、不可一世的纳粹法西斯鲜为人知的一桩桩惊人、吓人的内幕实情。作者在向社会披露这些事情时，采用了不加夸张、渲染的手法，以极其平和的语气，让事实去说话，让读者自己去分析与联想，从而达到了极佳的艺术效果。在有关被保护国捷克与保护国德国关系的描述方面，显然是在捷克文学中这类题材的最具说服力的艺术创作。小说完稿之后，从作者连一个字也没有改动，“连一行也不敢再看一眼”，而老百姓争相传抄阅读，过了二十年之后才得以正式出版等这一切事实之中，可见它的分量和现实意义。

紧接着,他从 1972 年 5 月开始动笔,到 1976 年 7 月完成了《过于喧嚣的孤独》一书的创作。这是赫拉巴尔从在废纸回收站工作，认识在那里工作了许多年的打包工汉嘉以来，前后酝酿了二十年之久，花了四年的时间，三次易稿写成的，也是他最满意的一部作品。特别有意思的是，读《我曾侍候过英国国王》和读《过于喧嚣的孤独》的记忆效果完全不一样:《我曾侍候过英国国王》你只要读一遍，就能基本无误、按顺序地记住它的一个个主要故事情节。而《过于喧嚣的孤独》你即使读过数遍，虽然很受震动，使你久久不能平静，有些画面、有些思想反复地在你脑子里回响，可你怎么也记不住、理不清它的前后次序。因为它几乎没有情节，即使有，也只是“条条河流归大海”，用来反复加强、充实、丰富这一作品的中心主题，即通过一位废纸打包工的通篇独白表达出对那些摧残、践踏甚至毁灭人类文化的愚蠢暴行的无比愤恨与血泪般的控诉。但这打包工并不是握拳捶胸地大喊大叫,而是把它当作“Love story”（英语“爱情故事”）平静地叙述出来的。在实在忍无可忍的情况下，他并拢双臂，自己走到警察面前，请求给他戴上手铐送进公安局去。几年之后却又“不再为此伤心落泪”，微笑地望着载运那些精美图书一公斤一克朗到国外去换外汇，他“开始懂得目睹破坏和不幸的景象有多么美”。这种布拉格式的反话嘲讽和黑色幽默把整个作品浸了个透，让人对作品的主题思想印象更加深刻、强烈。

假如说赫拉巴尔早期的短篇小说是蒙太奇电影，是一张张拼画，是各类最普通的行人“时而走进，时而走出的一面反射镜”，是“坐在电车上的人们的片段对话和几个动作”，而从不见专门有关哲理的思考与议论，即使有，也只是让读者通过这些故事片段去琢磨、领会到的一种哲理或思想；如果说后期的《我曾侍候过英国国王》里是一反早期的“速写”“片段对话”的风格，在串出了一个连贯的长篇故事的同时，开始了对人生的专门思考、回答和论述的话，那么《过于喧嚣的孤独》则通篇在思考问题、回答问题，通过每一个细节在解说、印证一些哲理，直接将作者最推崇的文学家、哲学家的思想精华通过汉嘉的独白倾注于作品之中。老打包工汉嘉的灵魂其实就是赫拉巴尔自己。

《过于喧嚣的孤独》用的是书面语，抒情而又优美。有人说“它构成了一个诗歌、哲学、自传的三角形”，是一部连作者自己看了都要“感动得流泪”的“忧伤叙事曲”。作者高度评价它说：“它大概是我最好的一本书，与我过去所写的全部作品相比，这本书的空间整个地大了一轮”，它是“一部现今时间写的与不受时间限制的题材交织在一起的作品”，“一个类似久远的过去的与活生生的现在的虚构的博物馆”。难怪作者如此深沉地说：“我为写这本书而活着，并为写它而推迟了死亡。”

赫拉巴尔在他年过七旬高龄的时候表示过：“我还要写一本一方面让自己开心，一方面使读者生一点点气的书。在这样一本书里我要用我妻子的眼睛来看我，看我的朋友和我的生活。”关于用妻子的口气来写自传体三部曲《婚宴》《新生活》和《林中小屋》的想法，他说是受毕加索、陀思妥耶夫斯基和托尔斯泰三位大师的妻子所写的传记之启示而来的，说“这些夫人在所有方面都为他们的丈夫作辩护，按照突出他们的优点的方向来写他们的传记，说他们从小就与众不同，就有大艺术家、大人物的苗头”。赫拉巴尔却恰恰相反，他说：“男人的有些举止是很糟糕的！”他坚决这样认为。他却写了那些他认为是百分之百真实的东西，还常常提醒读者说：“注意，一切都是真的！”因此，他的这三部曲不仅是一条抒情的生活之河，河里流淌着他小时候的日常趣事、过失和小小的罪孽，时有出现的沮丧和抑郁则瞬间使河水变暗。河面上漂着作者的情绪及少年时代的恐惧、胆怯，作者与朋友们用饮酒有时甚至喝醉的办法来医治的种种伤痛。这二十世纪的生活之河越是不干净就越发真实。归根结底，这条河是一幅现代的拼画，在它一去不复返的水流中混杂着成十成百各式各样从外面扔进来的乱七八糟的东西，表面看去好像互不相干，“可是没有这些，美就显得单调，关于当代、关于人的思考就不完整了”。更重要的是，这三部曲是作者无情的内省，他经常问自己：“我是谁？”在这里，他用他妻子的嘲弄式的反话和毫不留情的目光来审视他自己。在这面新的、反讽自嘲的镜子里，他找到许多自己的恶习、丑事、坏毛病、弱点和癖好。在他身上发现的那些不雅之处，首先是一些人们通常不爱承认的，他们总要给自己建造一副坚实的铠甲把这些毛病隐藏起来。赫拉巴尔却力求把这副铠甲揭掉，让自己最大限度地看清自己，他说：“我从一开始就预感到,文学是极其残酷的,跟大自然一样,它不讲情面,不宽容任何辩白。”赫拉巴尔对他在作品中反映的现实生活的态度是如此，对他自己也是如此。我想，他在晚年所写的这三部曲的本意已是不言而喻了。他的勇敢、坦诚、真实，让人为之肃然起敬。

三部曲之后，赫拉巴尔还出版了《不穿礼服的生活》《神秘的笛子》《温柔的粗人》《永恒的堤坝上》《雪花莲的庆典》及《花蕾》《家庭作业》《谈话录》等。赫拉巴尔的作品究竟有多少？

到 1997 年,布拉格一家名为“想象”的私人出版社汇编出了《博胡米尔·赫拉巴尔文集》共 19 卷，每卷约 300 至 400 页，包括他的诗歌、散文、短中篇小说、谈话录、论文、手稿、札记、书信等。之后，青年阵线出版社等近年来陆续出版赫拉巴尔作品的单行本。

赫拉巴尔的作品，从他的处女作《底层的珍珠》一书开始，被改编成电影的有 :《底层的珍珠》《线上云雀》《一缕秀发》《我曾侍候过英国国王》《巴比代尔们》《温柔的粗人》《天使的眼泪》《过于喧嚣的孤独》和《严密监视下的火车》。还有几部被改编成剧本上演。且多部在捷克国内、国际获奖。至于赫拉巴尔的作品和他本人获得的奖项达三十多个，诸如捷克国内出版社、作协、文化部授予他的各类奖，国家授予他的功勋艺术家的称号，总统勋章；国外的意大利、英国、匈牙利、德国慕尼黑等的文学奖，柏林电影节金奖、奥斯卡最佳外语片奖、法国骑士勋章，等等。

赫拉巴尔的父母、贝宾大伯、弟弟都相继先他去世，他没有子女，靠他每月一千多克朗的养老金及一些稿费维生。1987 年他妻子去世后，他孑身一人又活了十年，给世界多留下许多好作品。

1997年春天，朋友们张罗庆祝他八十四岁生日的时候，他说："我都想死了，还庆祝什么生日？"他因病住了十几天医院，正当快要出院的时候他说，"我已经做了我该做的一切……那么，我还待在这里干吗呢……如今一切都无所谓了……"两天后的1997年2月3日，他从医院五楼的窗口坠下。

一颗巨星就这样陨落了。

刘星灿
于2002年夏

拼贴赫拉巴尔

［捷克］托马什·马扎尔

100
99
via Hrabal

BH přehle

BH clearly a

Autor
Autho

Tom

Výtva
Visua

Vác

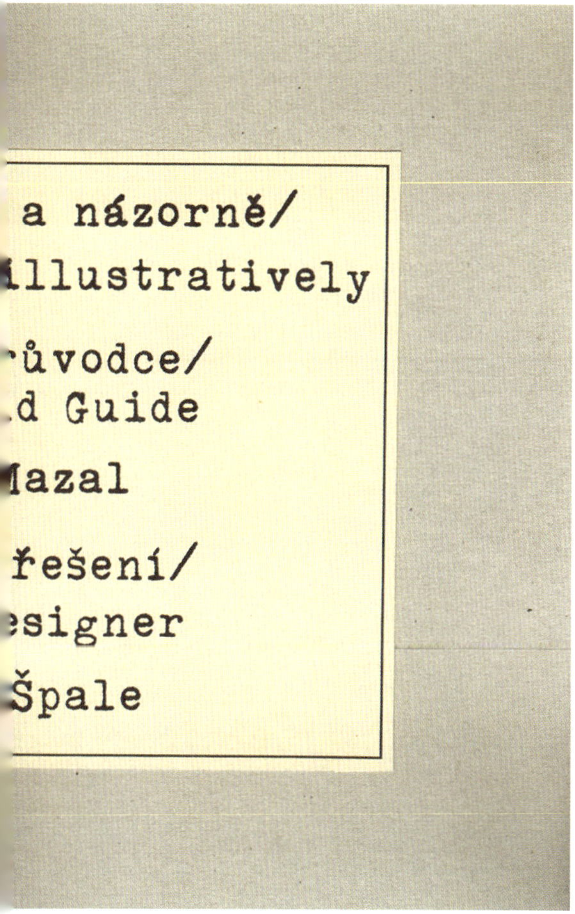
a názorně/
illustratively
ůvodce/
d Guide
azal
řešení/
signer
Špale

Tab. I

GERMAN EMPIRE
RUSSIA
BOHEMIA
MORAVIA
Brünn
SILESIA
GALICIA
LOWER
UPPER
AUSTRIA
Vienna
Budapest
HUNGARY
TRANSYLVANIA
BUKOWINA
SALZBURG
STYRIA
CARINTHIA
CARNIOLA
TYROL
SWITZERLAND
ITALY
CROATIA-SLAVONIA
BOSNIA
HERZEGOVINA
DALMATIA
ADRIATIC SEA
SERVIA
MONTENEGRO
BULGARIA
RUMANIA
Germans
Magyars
Rumanians
Croats and Servians
Ruthenians
Czechs
Slovaks
Poles
Slovenes
Italians
Slavs
Scale 1:7 500 000
Miles
Long. East of Greenw.

奥匈帝国地图

博胡米尔·赫拉巴尔出生于奥匈帝国统治下的摩拉维亚城市布尔诺，当时恰逢第一次世界大战爆发。此时的布尔诺正是这一地缘政治集团中的一部分。

这片昔日的帝国领土在今天被称为中欧。博胡米尔·赫拉巴尔传奇的一生在这里上演。他的命运也正如二十世纪中欧一样跌宕起伏。

březen
28.
Sobota
1914
fig. 2
BRNA
KRÁLOVO
ŽABOVŘESKY
KAMENNÝ MLÝN

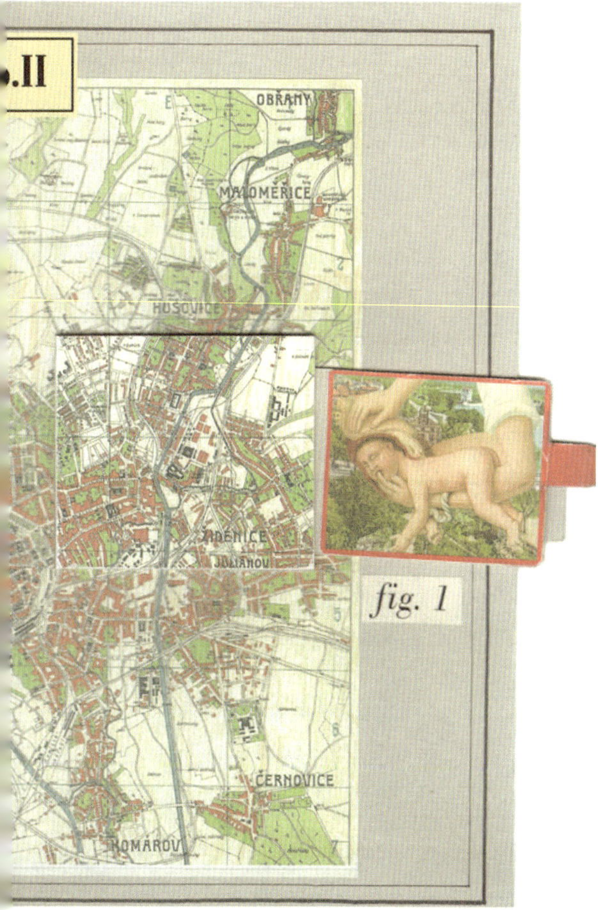

布尔诺，博胡米尔·赫拉巴尔的出生

在摩拉维亚的大都市布尔诺的一条街道上，生活着一位二十岁的单身女孩儿玛丽亚·基里安诺娃（她和自己的父母住在郊区附近的一幢小房子里），1914 年 3 月 28 日，玛丽亚在那里生下了儿子博胡米尔。博胡米尔从自己的母亲那里继承了姓氏——基里安。

Tab. III
fig. 3
fig. 2
fig. 1

博胡米尔·赫拉巴尔的父母

/

Blecha, Francin, Maryška

博胡米尔·赫拉巴尔的生父是母亲玛丽亚·基里安诺娃的同学——博胡米尔·布莱哈。1916 年，玛丽亚同弗朗吉舍克·赫拉巴尔结婚，同年博胡米尔继承了他的姓氏——赫拉巴尔。

这个家庭从摩拉维亚中心城市布尔诺搬到了一个小城市波尔那，弗朗吉舍克在那儿的一家啤酒厂当会计，人们常叫他弗朗金。

Tab. IV

fig. 1

ČESKOSLOVENSKÁ REPUBLIKA

捷克斯洛伐克地图

1918年10月，奥匈帝国解体。奥匈帝国包含了许多各自拥有悠久历史的民族，随着它的解体，一些新的独立国家成立了。捷克斯洛伐克便是其中之一。

赫拉巴尔一家从波尔那再次迁居到一个小城镇宁布尔克的啤酒厂，弗朗吉舍克·赫拉巴尔，也就是弗朗金，在那儿做了会计，随后他成了这家啤酒厂的经理。

博胡米尔·赫拉巴尔的童年

小赫拉巴尔爱上了宁布尔克那家啤酒厂周围的环境，那里是他成长的地方。他喜欢观察啤酒厂工人的工作，倾听他们的谈话和他们生活中的故事，还成天独自在周围的大自然里闲逛。

学校里，小赫拉巴尔大多数科目都不及格，他粗心马虎，每年都被扣操行分。按照他自己的说法，他一直生活在“不开窍”的状态里。

当小赫拉巴尔开始识字的时候，他读的第一本书是从他母亲那里得到的，书名叫《小混混成长记》。那是一本大开本的彩色插画图书，讲的是一个衣衫褴褛的小男孩的故事，他喜欢破坏他遇到的所有东西。这个小男孩和粗人混在一起，还在马戏团里表演了一段时间。但是最后他还是成了一个有教养的孩子，回到了家，再也不让家人伤心。书中这位邋里邋遢的小坏蛋成了小赫拉巴尔的榜样，甚至可以说是一辈子的榜样，因为他一直把这本已经翻得很旧的书放在触手可及的地方。

Tab.V

fig. 2.

fig. 1.

fig. 4.

fig. 3.

fig. 5.

帝国的作家们——中欧

中欧从很久以前起就是一片极富多样性的地区，不但语言、居民和思想超越了国界，更有着相互影响的民族文化和宗教。这片区域不仅是地理上的定义，更是精神上的定义。

文学是最能记录中欧环境的。有代表性的中欧作家有拉迪斯拉夫·克里玛（Ladislav Kl í ma），罗伯特·穆齐尔（Robert Musil），卡尔·克劳斯（K.Kraus），布鲁诺·舒尔茨（B.Schulz），奥登·冯·霍瓦斯（O.Horvath），科什特拉尼·戴热（D.Kostol á nyi），厄尔凯尼·伊斯特万 (I. Orkeny) 等。其他的就不在这里一一列举。

在这种充满担忧、不安和焦虑的环境下，1910 年前后不仅产生了表现主义，还产生了两位中欧天才——弗兰兹·卡夫卡和雅洛斯拉夫·哈谢克。虽然他们的文学作品都展示着中欧的文化，却风格迥异，一个是严肃的道德主义，一个诙谐幽默。

赫拉巴尔一生都非常拥护这些作家的作品中的精神遗产——独特的讽刺和忧郁的怪诞。和他们一样，赫拉巴尔内心也有不安，他曾不止一次这样表达：“我的作品就像是自杀前的自卫，用写作来逃避自我。”
在欧盟产生后，赫拉巴尔只是讽刺地说：“要想生活在中欧，就不能清醒地生活。”

5. 卡夫卡

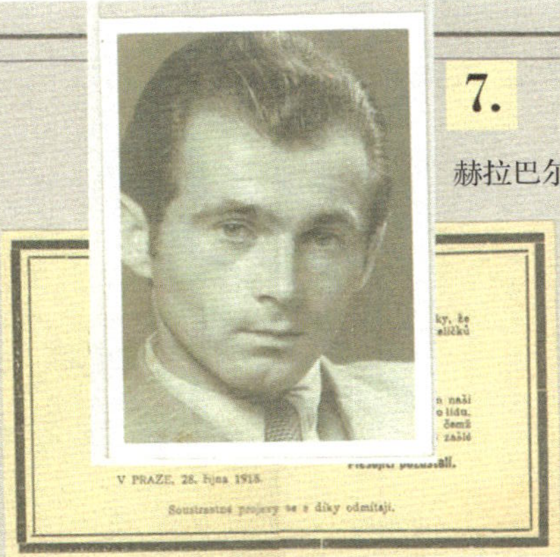

7. 赫拉巴尔

6. 哈谢克

1. 克里玛

2. 穆齐尔

3. 克劳斯

4. 舒尔茨

fig. **2.**

fig. **4.**

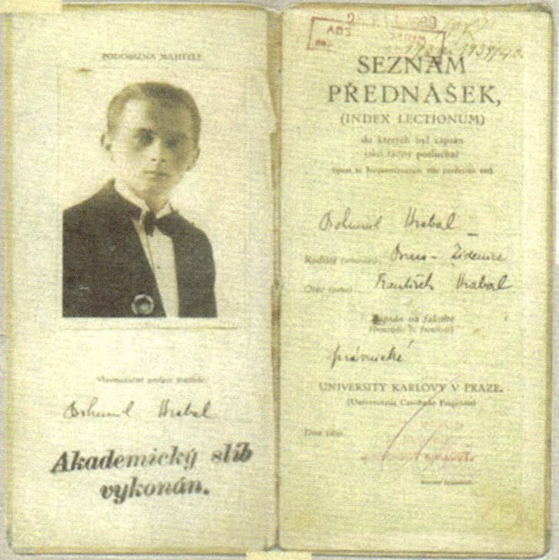

fig. **1.**

fig. **3.**

25. Dubna 1951.

Chcete se oběsit?
Či utrhnul se knoflík z šatů?
Strhli m nase z platu,
proto ten smích ?

A její černé paže,
jakobych znal už od mala,
To na Vás jsem se usmála!

A hrudi jako v ...
vzlyk dusil lidský hlas ,
že na pásek jí vzali zem.

Pojednou vítr zdvih se
a popel oslepil ty oči Vaše.
Slepí nenajdou Mesiáše.

学生博胡米尔·赫拉巴尔，法学院

到了二十岁，赫拉巴尔还不知道什么是文学，他只读过低级的小说和颓废文学。

直到赫拉巴尔于 1935 年进入位于捷克斯洛伐克首都布拉格的查理大学法学院学习，他才突然开始一天天加深对造型艺术、哲学与文学的兴趣。

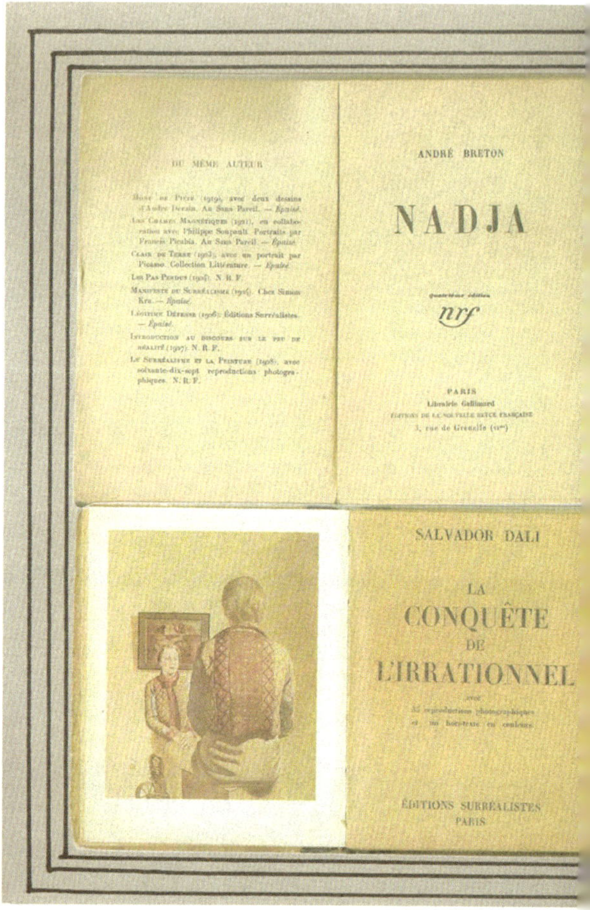
DU MÊME AUTEUR
Mont de Piété (1919), avec deux dessins d'André Derain. Au Sans Pareil. — Épuisé.
Les Champs Magnétiques (1921), en collaboration avec Philippe Soupault. Portraits par Francis Picabia. Au Sans Pareil. — Épuisé.
Clair de Terre (1923), avec un portrait par Picasso. Collection Littérature. — Épuisé.
Les Pas Perdus (1924). N. R. F.
Manifeste du Surréalisme (1924). Chez Simon Kra. — Épuisé.
Légitime Défense (1926). Éditions Surréalistes. — Épuisé.
Introduction au discours sur le peu de réalité (1927). N. R. F.
Le Surréalisme et la Peinture (1928), avec soixante-dix-sept reproductions photographiques. N. R. F.
ANDRÉ BRETON
NADJA
nrf
PARIS
Librairie Gallimard
3, rue de Grenelle (VIe)
SALVADOR DALI
LA
CONQUÊTE
DE
L'IRRATIONNEL
ÉDITIONS SURRÉALISTES
PARIS

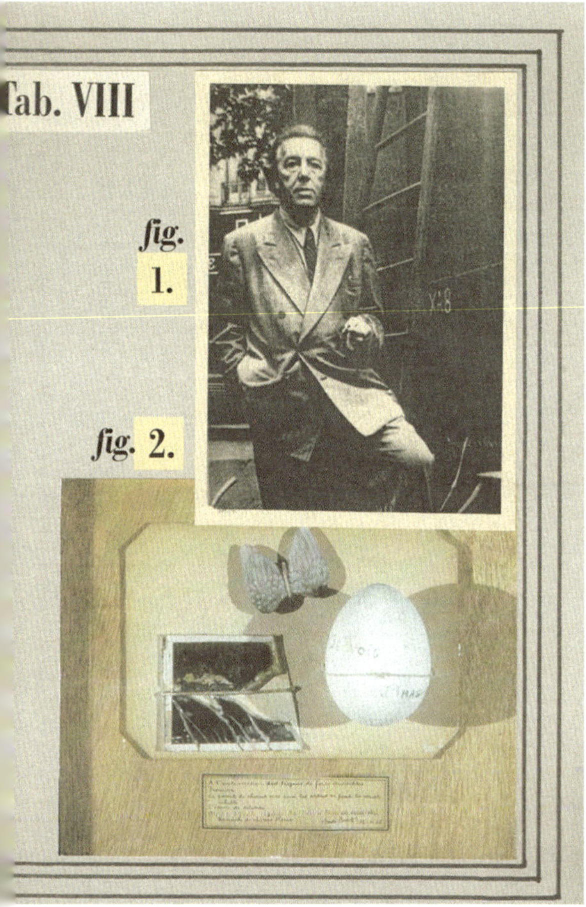

超现实主义，布勒东与达利

在高校学习时期，赫拉巴尔阅读了法国一些诗人的作品，深受法国超现实主义的影响（也可以说影响了他们一代人），其中最主要的就是布勒东和萨尔瓦多·达利。

fig. 5.

fig. 4.

fig. 2.

Strana 4. OBČANSKÉ LISTY Ročník 50.

Veškeré peněžní obchody provádí

Živnostenská záložna v Nymburce Telefon 34

Prší.

Prší
slzy kanou po víčkách oken
a kouř
zalévá město modravým stádem
chce se mi spát.
Hle
vůz řeče
rozpoltěnou ulicí tiše
jak
bárka průplavem
a koně
dvě hnědé kaňky veslují
v rytmu kývajících se šíjí
zatím co kontrapunkt
prašného vzlykotu bubnuje
nudou.

H. B.

Sokolstvo

Lehká atletika v Nymburce.

Péče o vrchlabskou svěřenku

fig. 3.

fig. 1.

Tab.IX

宁布尔克

三四十年代之交时，赫拉巴尔成了啤酒厂的“少东家”。他总是根据最新潮流衣着优雅，他很有教养，有学识，但他也是当地的诗人，放荡不羁，总是与友人们欢乐地畅饮，有着些超现实主义的奇怪行为。赫拉巴尔常有柏拉图式的精神热恋，但对姑娘们来说，只是当地的诗人是不够的。

在空闲时间里，在周日，赫拉巴尔在父亲位于宁布尔克的啤酒厂办公室里学会了在打字机上又快又完美地打字，这时他创作了第一首情诗。诗歌《下雨》，于 1937 年 10 月 16 日刊登于宁布尔克《公民报》，这是赫拉巴尔第一次发表诗歌。

赫拉巴尔将三十年代晚期创作的诗歌整理入合集《迷失的小巷》，本应于 1948 年于宁布尔克自费出版。但当时的捷克斯洛伐克已是社会主义共和国，印刷厂被国有化，书本被拆版，于是他的第一本诗集也直到 1991 年才出版（已是写完书的四十年后，此时作者已七十七岁）。但这本书一出版，就被译成了多种外语。

战争，铁路工人，严密监视的列车

1939 年 3 月，在二战初期，德国纳粹在前捷克斯洛伐克第一共和国的领土上建立了波西米亚和摩拉维亚保护国。

这年秋天，在一场声势浩大的学生反纳粹游行后，纳粹关闭了保护国的高等院校。赫拉巴尔回到小城宁布尔克（Nymburk）工作，先是当铁路工人，后来完成了交通知识课程的学习，二战末还在科斯托马拉迪村（Kostomlat）当列车调度员。

这些在铁路工作的亲身经历为他日后一些小说，包括 1965 年出版的中篇小说《严密监视的列车》，提供了宝贵的素材。捷克年轻导演杰里·门采尔（Jiří Menzel）据这篇小说改编的同名电影在 1967 年获奥斯卡最佳外语片奖。

战后，由于男性数量的锐减，出现了号召妇女去当铁路工人的宣传海报。而在这些海报上出现过的一群微笑着的女性形象为赫拉巴尔创作《严密监视的列车》中的女乘务员玛莎（Maša）提供了灵感。

Tab. X

fig. 4.

fig. 1.

fig. 2.

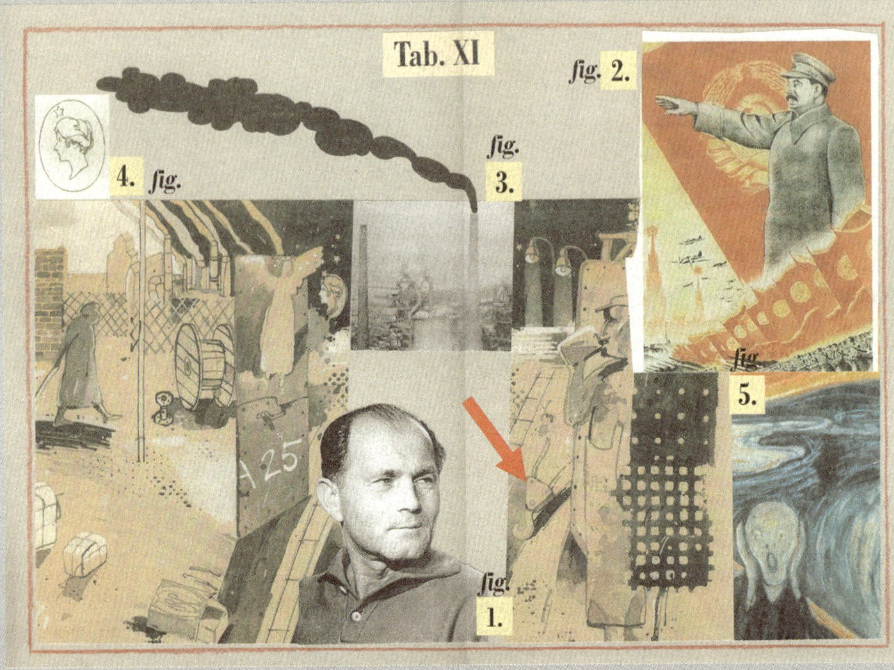

1948 年 2 月，克拉德诺（Kladno）的波尔蒂 (Poldi) 钢铁厂，完全现实主义

1945 年二战结束后，原来欧洲的民主体制迅速崩溃。二战的最大霸权赢家美国和苏联在欧洲展开了新一轮的力量角逐，并把欧洲分为东欧和西欧。东欧的小国落入了苏联的手中，无论是经济还是政治上都成了苏联的卫星国。

1945 年，赫拉巴尔结束了学业，获得法学博士学位。

但他没如预想的那样成为一名律师，反而从事着商品推销员、保险公司职员等工作。

1948 年始，捷克斯洛伐克的政治环境发生了翻天覆地的变化。随着无产阶级专政的建立，文学艺术也开始转向了一条新的道路。

1949 年，赫拉巴尔自愿成为克拉德诺钢铁厂的工人。此时的他时常被生存焦虑和生活苦恼所困扰。他用诗话的语言谱写的“完全现实主义”散文为当时的意识形态所不容，未能出版。要是谁敢公开出版他的或者他朋友的类似题材小说，就会受到严厉的惩罚，不是被送入监狱就是被送去劳教所。

在那个时代，赫拉巴尔还钻研了道教经典——老子的《道德经》。此书的 1920 年第一版捷语译本深深吸引了赫拉巴尔，成为他一生的挚爱。在《过于喧嚣的孤独》中，赫拉巴尔用奇特新颖的辩证法展示了老子和耶稣两个人物，尝试将他们的思想整合起来。去世前在医院的那段日子里，他甚至还在背诵老子的一些名言。这本被翻得残破不堪的书，被他时刻带在身边，可以说是他遗物中唯一的收藏品。

利本尼（Libe ň），堤坝巷 24 号，处女作，《底层的珍珠》

赫拉巴尔独自生活在布拉格郊外的利本尼，他在堤坝巷的小院是从前的铁匠铺。1954 年在钢铁厂遭受了严重的工伤以后，赫拉巴尔成了一名废纸收购站的打包工人。

不久之后的 1959 年到 1961 年间，赫拉巴尔作为幕后工作人员，在剧院上班。

从 1962 年开始，赫拉巴尔成了一名自由撰稿人。

六十年代中期，文化领域迎来了较为宽松的政治环境，一些之前在文学领域沉寂或者被禁止的创作主题开始重新活跃起来；随之出现了一些新的作者，如约瑟夫·史克沃莱茨基，阿尔诺什特·卢斯蒂格，米兰·昆德拉，等等。

此外，还出现了“电影新浪潮”，年轻的电影工作者们打破旧的习惯，转而去描绘世界的其他景象；并且大获成功，在国内外获奖无数。

1963 年赫拉巴尔的处女作《底层的珍珠》问世，那一年他四十九岁。

六十年代中后期，赫拉巴尔四十年代末、五十年代初创作的小说风靡全国，发行量无数。赫拉巴尔把这些很久之前写的小说从自己写字台的书架上拿下来，连写新书的时间都没有了。
1968 年捷克斯洛伐克被苏联军队占领之后，共产主义政权进一步加强，审查制度再次恢复。

很多作家被禁止出版自己的作品，还有一些移居国外。之后很多年，对于许多作家来说，地下出版成为唯一的出书方式。

Bohumil Hrabal
PŘÍLIŠ HLUČNÁ SAMOTA
2.
Bohumil Hrabal
TEXTY
(leden 1993 - leden 1994)
3.
4.
BOHUMIL HRABAL
Poupata
Bohumil Hrabal
Městečko, kde se zastavil čas
5.

废纸回收站，《过于喧嚣的孤独》，六十年代末作品（《花蕾》，《河畔小城》）

1970 年，赫拉巴尔的两本新书被直接从出版社清理到了废纸回收站。赫拉巴尔被作家协会开除，这使得他无法在任何地方出版任何作品。从这之后，他的作品只能通过国内地下出版社或者位于加拿大、德国和瑞士的流亡出版商发行，从而得以在读者之间传阅。

1.

2.

3.

BOHUMIL HRABAL
obsluhoval jsem
anglického krále
"JAZZPETIT"

4.

Tab.
XIV

克斯科，(《我曾侍候过英国国王》《过于喧嚣的孤独》《温柔的野蛮人》)

七十年代赫拉巴尔确实离开布拉格到了克斯科（距离布拉格五十公里的消闲度假区）；在那里他不被一切外界的风波所影响，找到了一份属于自己的宁静；他再次伏案写作，创作出了自己最成功、日后名扬世界的作品(《我曾侍候过英国国王》和《过于喧嚣的孤独》)，但是这些作品当时都没有出版。

他早就知道，国有出版社是不会出版他的作品的。

直到 1976 年以后，赫拉巴尔才能有限地选择出版一些他写的故事集。

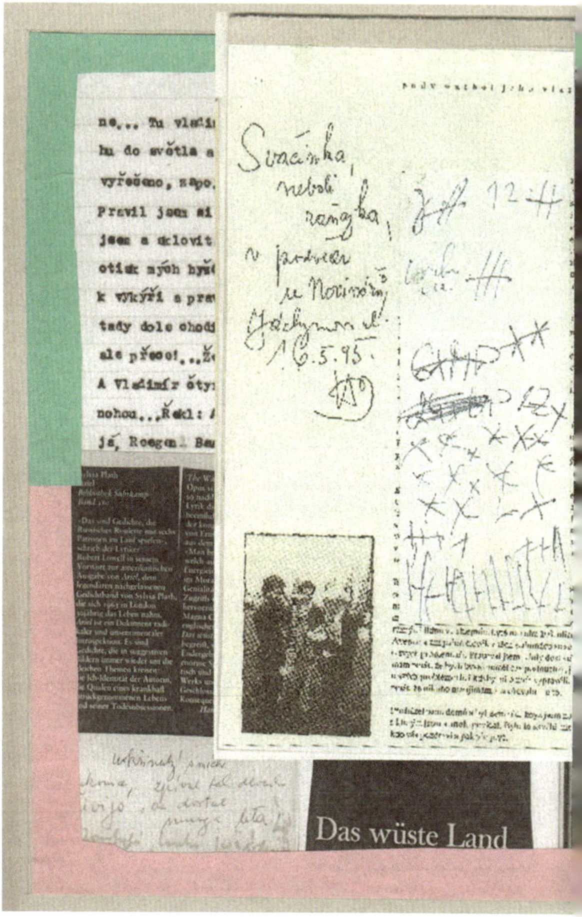

九十年代，沃霍尔，
拼贴画，杰克森·波洛克

1989 年捷克斯洛伐克政坛剧变后（“天鹅绒革命”之后），赫拉巴尔的所有作品都得以出版，包括他新写的“文学新闻”，这些新作后来被收至文集《给杜本卡的信》中。

赫拉巴尔用“生命的口述”来形容自己这一时期的创作。他说他写作时，就像美国著名画家杰克森·波洛克作画一样。他写作总是一气呵成，就像波洛克在画布上泼洒颜料一般。

赫拉巴尔还和美国波普艺术家安迪・沃霍尔的创作很有共鸣。他喜欢穿印有沃霍尔的绢印作品的T恤衫，把自己拍的照片、报纸上剪下来的豆腐块儿文章做成拼贴画，贴到各种关于沃霍尔的著作上去。

（连酒馆里那些喝一杯啤酒就画上一杠的小票这种最平常不过的东西，对他来说都是精美的手工艺品。）

DELIRANTNÍ

V I D E O .

Tab.XVI

To, co se stalo těm druhým, jakoby se stalo mně.
Jezdím krmit kočenky do Ketska z autobusového nádraží Palmovka,
dokulhám se po schodech na nástipiště číslo deset, miluju Mahlerovu
poslední symfonii číslo Deset, Adagio, když odpočítám
a devět a osm, zh
cestující kteří t
přichází žena s v
bílou holí, znám
oes se jí supí v
když vystupuje v
pak tuká ta dívka
Po trnácti dnech
Už jste dlouho sle
A ona řekla mi pro
já vychovávám úsy
tenhle už všechno
Divte se že mám rá
že miluju římskou
že tatínek mi rvá
Mladý lékař musí m
Můj přítel Jarulín

Jarulínek za to, ž
nebesa se mu dovdě
jako obranu proti
na Karláku svázám
VKErsku když sedím n
zase na Libně na Lam
a opírá se o řídítka
protože vím, že má s
ale tlačí bycikl ze
když ju ptají, proč
jsem se dojela a teď ... když se jí lidé ptají jak jí je
Říká...bolejí mi nohy protože jsem až sem došly pěsty tak pojedu domů
na kole
A já si umínuji že budu taky takhle tpačit bycikl a taky budu říkat že
jsem přijel na byciklu a až pak půjdu pěšky jako ta moje styřenka z
vylomenýma nohama v kolenou...hrdinky ze Semic
protože na štěstí jsou tady ti druzí kteří mne kříší

jen ůosledni kameraman musel natočit...aby nakonec narazili na kůl
a pak snědli i toho posl dního z výpravy...totiž ten film zůstal k bedně
kterou našla až za rok další výprava a teď to je na videu...Hele, mám
di to pujčit....Já se toho ale bijím, že mi to umazel hlavu navždycky...
Co říkáte?
... šedesát let...
...m viděl video,jak
...y krav a telátek, a tam v
...ráženými nožkami a hřbety,
...ky kraviček a telátek jsem
...amánými nohama, trčící kosti
...ční lodi....a Brigitta
...elému světu...A jjsem to
...dneska....To video o lisož-
...inu v pralesel v srdci Afri-
...ch oě denní rituál...Ráno se-
...večer Štedrý Den...ale Ráno
...tavila v Ulici Na Hrázi,
...ých dveřích zíral jsem na
...a šikmých výlohách na lodnič-
...kxh a telecích částí poraže-
...t kočenkám tu jejch sekanou
...video. Zásobirna pro moje
...ickou methodu, kterou mne
...t.

...tek řezníčtí a jatečtí
... v oknech se setmí....A pak
...věta v mich vzpuzuje nevá-
...h protože dopoledne zabili
... A to je rund piva a metrů
...terý ale nemůže přehlušit
...látka se zabíjejí v zavěše-
...jeden každý rezník když
přišepl poprvně na jatka, za n... ruku a jateční tepétji mu oli-
zovala prsty jako probu o smilování...Zy čtvrnáct dní ale už řeznický
učeň považoval i telátka za jateční zboží....Proto každý pitek u
Zlatého Tygra tam velký smích a řev a pásit a metra metrů piv...
protože Vzpínka je druhá přítomnost a telecí oči a jazýčky nelze
vygumovat jako to, že porazili dopoledne krávu která hlady snela
svůj řetěz. Tichounce a po špičlách mizo zvěr Mahlerovy desáté Symfo-
...

Ako 3.95

赫拉巴尔坐在克斯科屋外的桌边写作
Delirantni video 的最后一段话

赫拉巴尔在 1995 年 3 月写下了生命中的最后一小段话：

我跟着天意走，现在就只写着玩儿，写完后就不会再看了。我已经对自己写的东西不感兴趣了。

赫拉巴尔这样评价自己那时的创作。他在克斯科的小屋里飞快地写着，通常只有寥寥数页，写完马上就要去赶开往布拉格的公交车，下车后直奔金虎酒家。

赫拉巴尔在国内外出版的著作封面

时至今日，大量博胡米尔·赫拉巴尔的作品在世界各国被翻译出版。赫拉巴尔跻身二十世纪世界文坛的杰出作家之列，他的作品成了文学经典。

赫拉巴尔的一生见证了中欧在二十世纪的起起落落。在专制统治的不同时期，他的作品时而出版，时而遭禁，见证着，同时也经历着，历史的跌宕起伏。

由于大环境的原因，赫拉巴尔一直没能通过自己的作品来与读者进行即时的沟通。他的作品从来没能在写完后马上出版，也从来没能按照他的原著原封不动地出版。

在逝世前几年，赫拉巴尔这样总结道：

“我刚开始写作时，是想要学会写作。但现在，我刚刚全身全心地领会到了老子所说的‘无为而无不为’。如今我到达了虚无的顶峰——这也是生命的真谛。”

1997 年 2 月 3 日，博胡米尔·赫拉巴尔从布拉格的医院窗户坠楼身亡，享年八十三岁。

作家生平 及 作品年谱

刘星灿

1882 年（作家出生前 32 年）

2 月 6 日，赫拉巴尔的祖父、酿酒工人弗朗吉舍克·赫拉巴尔与约瑟法·奥塔沃娃结婚。

同年，赫拉巴尔的祖父母生下长子约瑟夫，即后来在赫拉巴尔作品中多次出现的一位重要人物贝宾大伯。

1889 年（作家出生前 25 年）

11 月 7 日，赫拉巴尔的继父弗朗吉舍克（即弗朗金）诞生。他是家中的第四个孩子，前面除约瑟夫之外，还有一个哥哥阿道夫和一个姐姐玛丽亚。

赫拉巴尔的外祖母
卡德辛娜 · 巴特洛娃

1891 年（作家出生前 23 年）

8 月 2 日，赫拉巴尔的外祖父、工人托马什·基里安与卡德辛娜·巴特洛娃结婚。

1894 年（作家出生前 20 年）

1 月 4 日，赫拉巴尔的母亲玛丽亚·基里安诺娃—赫拉巴洛娃在捷克摩拉维亚的首府布尔诺诞生。

赫拉巴尔的生父
博胡米尔 · 布莱哈

1914 年（作家出生）

3 月 28 日，赫拉巴尔在布尔诺附近的日德尼采出生。出生证上未注明父亲是谁。直到五十年后，赫拉巴尔已成了知名作家，在布尔诺举行的一次读者座谈会开始前几分钟才得知他的生父曾在奥匈帝国军队里服役，在他出生之前便离开了他的母亲随军开往前线，现作为一名奥地利军官退休。赫拉巴尔出生后，即同他母亲住在日德尼采他的外祖父母家。

赫拉巴尔的继父弗朗吉舍克

1915 年（1 岁）

3月29日，赫拉巴尔的终生挚友、诗人、大提琴手卡雷尔·马利斯科出生。

1916 年（2 岁）

2 月 7 日，赫拉巴尔的母亲玛丽亚与当时的波尔那城市啤酒厂的会计弗朗吉舍克 · 赫拉巴尔结婚。

1917 年（3 岁）

9 月 25 日，赫拉巴尔的弟弟布热吉斯拉夫（即布热佳）出生。全家四口住在波尔那啤酒厂的宿舍里。

1918 年（4 岁）

5 月 16 日，赫拉巴尔在波尔那的一个业余剧团上演的一出名叫《沃依纳尔》的戏剧中，扮演了童年的沃依纳尔。

1919 年（5 岁）

夏天，赫拉巴尔的继父当上了宁布尔克城啤酒厂的管事（经理）。赫拉巴尔随同全家移居宁布尔克城。这就是在他后来的作品中多次描绘的“时光静止的小城”。

1920 年（6 岁）

9 月 1 日，赫拉巴尔开始在宁布尔克城马萨里克五年制男生学校念小学。

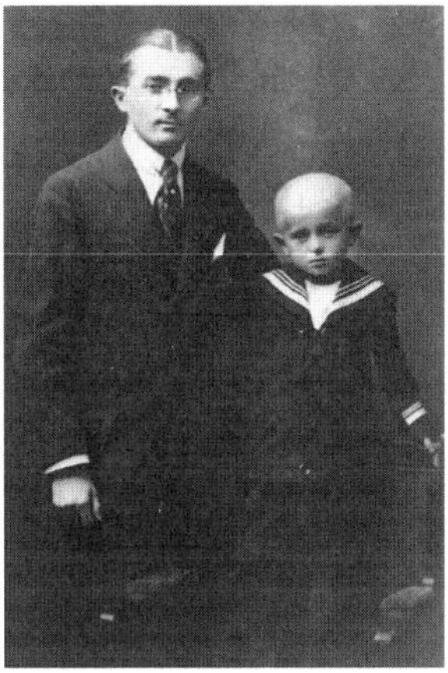

1924年（10岁）

贝宾大伯来到了他家，一直住到离开人世。贝宾大伯对赫拉巴尔来说，是他的“精神上的父亲”，是他“写作的缪斯”，是他作品中的“巴比代尔”群像中最突出、最重要的一位人物。

1925年（11岁）

6月22日，赫拉巴尔小学毕业。

9月1日，到布尔诺上中学。

1926年（12岁）

5月3日，利赫拉斯特因木材厂的代理和总管卡雷尔·布莱瓦的女儿、赫拉巴尔未来的妻子艾丽什卡·布莱沃娃在布热茨拉夫城出生。

6月26日，赫拉巴尔因成绩单上列出他有六门功课不及格而被宣布留级。

9月1日，他又回到宁布尔克城中学重读中学一年级。他在小学、中学期间学习都不专心，却沉溺于幻想，酷爱大自然，关心周围发生的事情，尤其喜爱聆听人们谈话，为小城多彩的生活而着迷。

1929 年（15 岁）

赫拉巴尔成为宁布尔克城“拉贝河畔”体育俱乐部的少年组成员。

1930 年（16 岁）

6 月 25 日，中学四年级结束时，年终鉴定又宣布他不能升级。

1934 年（20 岁）

赫拉巴尔勉强高中毕业。评语说他可以升至工科方向的大学。

在升入大学之前，他结识了年轻的演奏家、诗人卡雷尔·马利斯科，在其影响下开始对文学感兴趣，并互相朗读自己最初的诗歌习作，一起借阅图书，接触超现实主义、达达主义、纯诗歌主义。

同年，赫拉巴尔到布拉格一所私立学校学了一年拉丁文，为投考大学做准备。

1935 年（21 岁）

10 月 3 日，赫拉巴尔通过高中国家统考及拉丁文考试。

10 月 7 日，在布拉格查理大学法学院注册为正式大学生。大学期间他并不喜爱所学的法学专业，却对文学、哲学和造型艺术产生了浓厚的兴趣。对古代哲学、中国诗歌着迷，并热爱老子的《道德经》以及受哲学家叔本华、拉·克利曼、法国诗人阿波里奈尔、兰波和波德莱尔的影响，一直坚持写诗。

1936 年（22 岁）

7 月 22 日，赫拉巴尔申请了一张旅游护照，骑自行车去各地旅游，并参观了在柏林举行的奥运会，游览了德累斯顿。

啤酒厂的少爷。摄于 1930 年

赫拉巴尔在法学院学生证上的照片。摄于 1935 年

1937 年（23 岁）

2 月 3 日，赫拉巴尔以及格成绩通过了历史—法学国家考试。

10 月 16 日，在宁布尔克《公民报》上发表他的第一篇诗作《下雨》。

1938 年（24 岁）

8 月，赫拉巴尔利用假期坐火车到芬兰旅游。

1939 年（25 岁）

10 月 28 日，捷克人民游行遭到德国侵略军的血腥镇压。

10 月 30 日，赫拉巴尔获法学院学满八个学期的肄业证书。

11 月 15 日，布拉格大学生为反德国侵略军的英雄扬·奥布莱达尔举行的葬礼遭侵略者野蛮镇压。

11 月 17 日，捷克各大学被关闭。赫拉巴尔中断大学学业回到宁布尔克。

12 月 1 日，到宁布尔克的法学博士约瑟夫·莫如达私人公证处当助理。

一手拿着花，一手提着酒瓶。摄于 1935 年

赫拉巴尔（左起第一人）与足球队
于四十年代在宁城的合影

1940 年（26 岁）

8 月 31 日，主动辞去公证处工作。

9 月 4 日，到布拉格的一所私立贸易学校参加五个月的培训学习。

学习期间，从 9 月 10 日开始，在宁布尔克铁路职工消费生产合作社当仓库管理员。

三十年代初的赫拉巴尔

1941 年（27 岁）

1 月 31 日，赫拉巴尔以成绩优秀与操行良好的评语于贸易学校培训结业。

8 月 15 日，辞去宁布尔克铁路职工消费生产合作社仓库管理员的工作。

1942 年（28 岁）

3 月 13 日，在宁布尔克附近的科斯托马拉迪小火车站当一名小工。

1943 年（29 岁）

从 12 月 1 日起，到赫拉合茨克拉洛维的火车站巡察员训练班参加学习。

1946 年 3 月 22 日，赫拉巴尔取得法学博士学位，与他母亲合影

1944 年（30 岁）

10 月 5 日，通过巡察员训练班的有关理论部分考试。从此成为科斯托马拉迪火车站的见习生，后成为火车站正式调度员。

1945 年（31 岁）

8 月开始，赫拉巴尔被允许复学，以结束在查理大学法学院的学习。

11 月 30 日，以“及格”成绩通过国家考试。

1946 年（32 岁）

3 月 22 日，赫拉巴尔被授予法学博

1946 年赫拉巴尔
在服役期间的照片。

士学位。

4 月 **1** 日，法学博士赫拉巴尔开始服兵役。**8** 月，军校列兵赫拉巴尔在有八十五人参加的勇敢比赛中获得第三名。**8** 月 **31** 日，服兵役结束。

1946 年，赫拉巴尔
入伍服兵役

9 月 **16** 日，到老弱病残小手工业基金会当保险代理员。

这一年，他仍在不断积累那些离奇的故事，继续写诗，且逐渐由抒发情怀转向描述现实。

1947 年（33 岁）

赫拉巴尔将诗作编成一本名叫《偏僻的小街》的诗集，计划在印刷厂自费出版。**7** 月 **31** 日，《保险业中的功名结束》一文完稿。

9 月 9 日，赫拉巴尔成为克洛方特批发公司的商业代表，到处推销刷子、杂货商品。同时继续写那些反映时代和他的生活的诗歌。

1948 年（34 岁）

捷克二月革命之后，在企业实行国有化的过程中，宁布尔克印刷厂关门，赫拉巴尔的《偏僻的小街》诗集也没能印成（该书到 1991 年才出版）。他供职的那家批发公司亦停业。他的游走推销商生涯随即结束。但他那些与法学博士学位不相称的工作经历，使他得以积累了大量写作素材。每到周末便到空无一人的啤酒厂办公室打字机旁写作。

1949 年（35 岁）

赫拉巴尔以他的贝宾大伯为创作原型写出了《老年维特的烦恼》。

他意识到无忧无虑的“学徒”时期的结束，便毅然放弃宁布尔克老家的优越生活，孤身一人到布拉格谋生。他住过多种租房。

1950 年（36 岁）

10月1日，由老城广场“铃铛屋”搬到破旧不堪的利本尼区堤坝巷24号，过着一切靠自己的新生活。画家沃拉吉米尔·博乌德尼克、大提琴演奏家马利斯科也曾与他在这里住过一段时间。

他自愿报名到克拉德诺钢铁厂参加合同期为两年的义务劳动，这成了他一生中的重大转变，钢铁厂的劳动与生活使他变了一个人。这一年写出了《布拉格圣子》和《美丽的波尔迪》两部抒情长诗。此后，他的写作亦开始由多愁善感的抒情诗歌转向反映社会生活及普通人的写实散文。

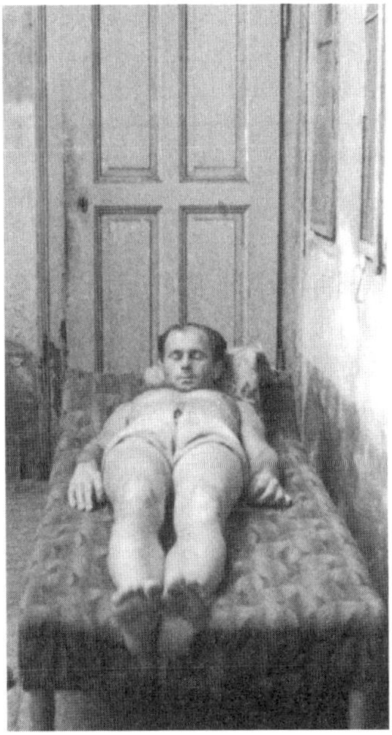

1952年，在克拉德诺钢铁厂受伤后，躺在堤坝巷24号院子里

1951年（37岁）

8月17日，在钢铁厂的义务劳动合同延长十八个月。

1952年（38岁）

赫拉巴尔写出了在钢铁厂劳动这段时间的重要作品——短篇小说《雅尔米卡》，反映了一个给钢铁工人送饭的未婚孕妇的命运。

7月10日上午，赫拉巴尔在车间劳动时头部受了重伤，被送进医院。

1953 年（39 岁）

2 月 6 日—3 月 5 日，赫拉巴尔在比斯克附近一所疗养院治疗、养伤。3 月 25 日，他被宣布从 4 月 7 日起可参加轻微劳动，于是他又回到克拉德诺钢铁厂。

1954 年（40 岁）

10 月 8 日，到布拉格焦街 10 号废纸回收站当打包工。在这里结识了打包工英特希赫 · 贝乌格特，以他为原型写了短篇小说《布拉希尔伯爵》，二十年后，改写成他的著名中篇小说《过于喧嚣的孤独》。

1956 年（42 岁）

赫拉巴尔的文稿被捷克著名诗人、剧作家、造型艺术家科拉什发现，在科拉什与诗人希夏尔合办的杂志《到处是生活》上刊载了他的五个短篇。

9 月，由科拉什推荐，将其中的两个短篇以“人们的谈话”为题，作为《捷克藏书家协会信息》杂志副刊出版，发行二百五十份。

12 月 8 日，赫拉巴尔与艾丽什卡·布莱沃娃（即他的自传体三部曲中的碧朴莎）在利本尼的扎麦切克小宫堡举行婚礼。

1959 年（45 岁）

捷克作家出版社准备出版赫拉巴尔的短篇小说集《线上云雀》，已经打好清样，但后被撤销，未出版。

2 月 16 日，他工作所在的废纸回收站不顾与作协基金会所签的合同之规定，对他每日只工作半天（另半天写作）多方刁难，并解除了与赫拉巴尔的劳动合同。

2 月 18 日，赫拉巴尔开始在利本尼的诺伊曼剧院当一名舞台布景工。

贝宾大伯。1957 年摄于宁城

1962 年（48 岁）

1 月 1 日，赫拉巴尔申请到“艺术家医疗保险与津贴”，由科拉什介绍成为一名“自由职业作家”。

1963 年（49 岁）

1 月，赫拉巴尔已届四十九岁之年，才由捷克斯洛伐克作家出版社出版了他的处女作《底层的珍珠》短篇小说集，该书引起强烈反响，并于

赫拉巴尔夫妇与
斯坦尼斯拉夫·瓦沃拉
1957 年在堤坝巷 24 号

9 月 20 日获出版社奖。

1964 年（50 岁）

赫拉巴尔加入捷克斯洛伐克作家协会，并出访纽约。

《底层的珍珠》被拍成电影。

3 月，捷克青年阵线出版社出版了他的又一部短篇小说集《PÁBITELÉ——巴比代尔们》。

8 月，他在《老年维特的烦恼》的基础上进一步改写成的《老年中级舞蹈班》出版。

1965年（51岁）

3月，出版中篇小说《严密监视的列车》。

《PÁBITELÉ——巴比代尔们》短篇小说集获青年阵线出版社奖。

8月，《底层的珍珠》电影首映式。

9月24日，《严密监视的列车》《中级舞蹈班》获捷克斯洛伐克作家出版社奖。

10月，赴德国参加慕尼黑文学座谈会。

12月，出版《为我不愿住的房子做的广告》。

诗人希夏尔（戴眼镜者）、赫拉巴尔（光膀子的）与贝宾大伯（坐着的）在宁城。摄于1957年

1966年（52岁）

赫拉巴尔成为《文学报》编委会委员。

2月22日，根据《严密监视的列车》改编的话剧首次公演（改编者为莎夏·利希）。

5月，参加慕尼黑文学座谈会。

6月5日，他的继父弗朗吉舍克·赫拉巴尔逝世。

10月，《严密监视的列车》电影首映式，同年获曼海姆（德意志联邦共和国）大奖。

1964年，赫拉巴尔的妻子艾丽什卡在堤坝巷24号

1967年（53岁）

3月21日，贝宾大伯逝世。

赫拉巴尔根据捷克散文整理出《博·赫拉巴尔引文选》。

出版《这座城市是在市民的共同关注之下》。

1968年（54岁）

由赫拉巴尔与门采尔合作改编成电影的《严密监视的列车》获奥斯卡1967年度最佳外语片奖。

3月，《市井歌谣与传说》出版。

4月30日，电影《严密监视的列车》获捷克哥特瓦尔德国家奖。

1969年（55岁）

拍摄电影《失翼的灵雀》。
捷克青年阵线出版社已将他的《花蕾》和《家庭作业》二书打出校样准备出版。

11月，获捷克作家协会电影剧作部颁发的对捷克电影新浪潮创作贡献奖。

1970 年（56 岁）

1 月 26 日，以《PÁBITELÉ——巴比代尔们》改编的戏剧在哥特瓦尔德城首次演出。

七十年代末在克斯科的劈柴房里

2 月 10 日，赫拉巴尔的母亲玛丽亚逝世。

3 月 24 日，赫拉巴尔获国家奖。

8 月，写出《巴比代尔学徒笔记》和《一缕秀发》。

12 月，捷克作家协会被文化部解散。

《花蕾》和《家庭作业》被撤销出版发行，并送进废纸回收站销毁。此后在七十年代相当一段时间他未能出书，却写出了他一生中最好的作品。

1971 年（57 岁）

写出长篇小说《我曾侍候过英国国王》。

1972年（58岁）

开始写作《过于喧嚣的孤独》。

宁城啤酒厂。摄于1978年

1973年（59岁）

由利本尼搬到自筹资金合作建造的预制板楼房居住（地址为布拉格科什恰科瓦街J·1105号）。

3月，写出描写他的故乡宁布尔克的《时光静止的小城》。

4月，在查理广场医学院附属医院做胆囊切除手术。

秋天，写出《温柔的粗人》，献给他的好友、画家沃拉吉米尔·博乌德尼克，以纪念他逝世五周年。

1974年（60岁）

布拉格退休办事机构确定从3月28日起，法学博士赫拉巴尔每月的养老金为一千零五十克朗。

1975 年（61 岁）

春，他将七十年代所写的短篇小说收集在《雪花莲的庆典》中。

1976 年（62 岁）

7 月,《过于喧嚣的孤独》完稿。

10 月,《一缕秀发》出版。

摄于 1978 年

1977 年（63 岁）

6 月 2 日，根据《一缕秀发》改编成的话剧在“边缘剧院”首演（改编者为兹登涅克·波杜西尔）。

1978 年在
焦街 11 号“锚”饭店
喝啤酒

1978 年（64 岁）

2 月 6 日，根据抒情长诗《布拉格圣子》改编成的话剧在布拉格“栏杆剧院”首次演出（改编者为瓦茨拉夫 · 尼沃特）。

11 月，《雪花莲的庆典》出版。但被官方删去其中的短篇小说《巴比代尔学徒笔记》。

赫拉巴尔在克斯科林中
小屋凉台上的写字台

赫拉巴尔在克斯科喂他的猫
摄于 1980 年

1979 年（65 岁）

由《时光静止的小城》改编的《甜甜的忧伤》出版。

1980 年（66 岁）

《一缕秀发》话剧在“边缘剧院”上演。

酒后跌跌撞撞走在大街上
摄于 1980 年

拍摄《一缕秀发》电影。

4 月 25 日，根据《严密监视的列车》改编成的话剧在布尔诺的“马亨剧院”上演（改编者为瓦茨拉夫·尼沃特）。

1981 年（67 岁）

2 月，《一缕秀发》电影首映。

《哈乐根的数百万》和《诗歌俱乐部》出版。

11 月 5 日，根据《温柔的粗人》改编成的话剧在布拉格话剧俱乐部首演（改编者为瓦茨拉夫·尼沃特）。

1978 年摄于
宾卡斯酒家门口

1982年（68岁）

3月19日，根据《PÁBITELÉ——巴比代尔们》改编成的话剧在“阿涅普剧院”首演（改编者为伊希·沃德拉切克）。

4月，小说《我曾侍候过英国国王》第一版在捷克“爵士俱乐部”出版。

《家庭作业》经编辑部修改后出版。

6月，小说《哈乐根的数百万》获捷克斯洛伐克作家出版社奖。

1983年（69岁）

《雪花莲的庆典》被拍成电影。

赫拉巴尔车祸受伤。

10—11月写出《小汽车》。

1984年（70岁）

《雪花莲的庆典》电影首映。

2月，三部曲之一《婚宴》完稿。

4月26日，根据《在永恒的堤坝上》改编成的话剧在普罗斯杰约夫城的“哈吉瓦德洛剧院”首演（改编者为

1984 年摄于堤坝巷

斯·瓦拉、约·科瓦奇克、兹·波杜西尔)。

5 月 **28** 日,根据《老年中级舞蹈班》改编成的话剧在"信号灯剧院"首演(改编者为瓦茨拉夫·尼沃特)。

7 月,根据《过于喧嚣的孤独》改编成的话剧在"栏杆剧院"首演(改编者为艾瓦德·斯霍与赫拉巴尔本人)。

11 月,开始写作三部曲之二《新生活》。

五十年代在堤坝巷 24 号的午餐后

1985 年(**71** 岁)

2 月,《新生活》完稿。

1985 年于布拉格老城广场

4 月 30 日，根据《展开回忆》改编成的话剧在布尔诺的“绳索剧院”首演（改编者为彼得·奥斯尔兹利、伊沃·克罗博特）。

传记式谈话录《手帕结》完稿。

10—12 月，三部曲之三《林中小屋》完稿。

1986 年（72 岁）

短篇小说集《不穿礼服的生活》出版。

当年由民间自发出版的赫拉巴尔作品有：《语言符号》《布拉格式的嘲讽》《略为不同的传记》等。

赫拉巴尔住到五岁的波尔那啤酒厂
摄于 1986 年

1987 年（73 岁）

将 1982—1987 年的《一缕秀发》《甜甜的忧伤》《哈乐根的数百万》三部作品合成的《河畔小城》由捷克斯洛伐克作家出版社出版。

5 月 30 日，赫拉巴尔的弟弟布热吉斯拉夫逝世。

6 月 5 日，赫拉巴尔同妻子去塞浦路斯岛休假。艾丽什卡是在征得医生批准后带病同去。

赫拉巴尔的妻子艾丽什卡（即碧朴莎）生前最后一张照片，与赫拉巴尔合照于1987年

6月，赫拉巴尔再次被吸收为捷克作家协会会员。

8月31日，赫妻艾丽什卡长期重病不愈逝世。9月7日追悼会上，赫拉巴尔的挚友马利斯科致悼词时泣不成声未能念完。

当年由民间自发出版发行的赫拉巴尔作品有：《诗歌创作》《手帕结》以及《贝克尔打字机》等。

1988（74岁）

因地铁站工程，堤坝巷24号楼房被拆除。

11 月 23 日，民族剧院大提琴手马利斯科去世。30 日，赫拉巴尔在斯特瓦尼采火葬场为终身挚友致辞永别。

同年，赫拉巴尔获匈牙利 I. 拜特伦奖。

一杯半公升啤酒。摄于 1989 年

1989 年（75 岁）

1 月，写出《神秘的笛子》。

3 月，应邀赴美国各大学举办讲座。

捷克文学基金会为了表彰他对发展捷克文学所做的贡献，授予他涅兹瓦尔奖章。

5 月 6 日，获功勋艺术家称号。

5 月 25 日，根据《我曾侍候过英国国王》改编的话剧在布拉格话剧俱乐部首演（改编者为彼得·奥斯尔兹利、伊沃·克罗博特）。

6—9 月，在布拉格斯特拉霍夫国家文物图书馆举办赫拉巴尔七十五寿诞展览。

《温柔的粗人》拍成电影。

12 月，《过于喧嚣的孤独》第一次在捷克的官方出版社“Odeon 奥迪欧”出版。

1990年（76岁）

1月，根据《失翼的灵雀》拍成的电影直到二十年之后才首次放映。

2月，《失翼的灵雀》在柏林电影节获金奖。

3月28日，赫拉巴尔获巴黎的图书沙龙巴塔伊奖（Bataille，1872—1922）。

4月，《十一月狂风》出版。

4月26日，《我曾侍候过英国国王》获捷克和斯洛伐克联邦共和国国家奖。

5月3日，布拉格8区法院通知作家赫拉巴尔必须就《不穿礼服的生活》中的第125~133页的情节向兹·巴拉尔赔礼道歉。

5月，赴英国参加布赖顿电影节。

9月，举行《温柔的粗人》电影首映式。

10月2日，根据《严密监视的列车》改编成的话剧在布拉格伊希·沃克尔剧院首演（改编者为伊沃·克罗博特）。

赫拉巴尔在与猫们分享美味。摄于 1989 年

猫宴。摄于 1994 年

1991 年（77 岁）

麦朗特里赫出版社出版了他的《偏僻的小街》诗集。

捷克斯洛伐克作家出版社出版赫拉巴尔传记体三部曲：《婚宴》《新生活》和《林中小屋》。

3 月，《地下小河》出版。

4 月 30 日，法国授予赫拉巴尔艺术文学骑士奖。

10 月，开始出版赫拉巴尔大型文集。

12 月，《乐观骑士》出版。

1992 年（78 岁）

1 月 23 日，在布拉格接受法国艺术文学骑士奖。

3 月 25 日，根据《老年中级舞蹈班》改编成的话剧在布尔诺“鹅步剧场”首演（改编者为彼得·奥斯尔兹利、伊沃·克罗博特）。

5 月 14 日，《过于喧嚣的孤独》英译本获乔治·泰纳尔奖。

11 月 14 日，《十一月狂风》意译本获意大利国际蒙德洛文学奖。

12 月，《搁浅的阿芙乐尔》出版。

摄于 1993 年

1993 年（79 岁）

3 月 17 日，英国广播电台 BBC 专题介绍赫拉巴尔。

4 月 25 日，由杨乐云翻译的中篇小说《过于喧嚣的孤独》和短篇小说《中魔的人们》《露倩卡和巴芙琳娜》，以及摘录的《论创作》，刊发在北京《世界文学》杂志第 2 期（总第 227 期）。这是赫拉巴尔作品首次在中国内地的译介。

6 月，出版《给卡西看的晚上儿童节目》。

赫拉巴尔在林中小屋外工作的情景
摄于 1994 年

10 月 25 日，捷克文学基金会授予赫拉巴尔传记三部曲——《婚宴》《新生活》及《林中小屋》雅·赛弗尔特奖。雅·赛弗尔特（Jaroslav Seifert，1901—1986），捷克著名诗人，1984年诺贝尔文学奖得主。

1994 年（80 岁）

1 月 11 日，捷克总统 V. 哈维尔在金虎酒家将赫拉巴尔介绍给美国总统 B. 克林顿。

1 月 20 日，根据《天使的眼睛》拍成的电影首映。

3 月 28 日，赫拉巴尔八十寿诞，捷克电视台放映关于赫拉巴尔的专题纪录片，并出版寿辰纪念文献。

夏天，开始拍摄《过于喧嚣的孤独》（赫拉巴尔参与表演）。

1995 年（81 岁）

3 月 28 日，隆重举行电影《过于喧嚣的孤独》首映式。

4 月 4 日，《贝宾大伯传奇故事》在“罗可可剧院”首演（剧作者兼导演为兹登涅克·波杜西尔）。

5 月 20 日，为表彰他“对文学的毕生贡献”而获意大利格林扎·加富尔奖。

11 月，赫拉巴尔访问西班牙（马德里和巴塞罗那）。

1996 年（82 岁）

5 月 9 日，意大利帕多瓦大学授予赫拉巴尔荣誉博士学位。

6 月 14 日，维也纳举办他的作品朗诵会及讲座。

10 月 28 日，瓦茨拉夫·哈维尔总统亲自授予赫拉巴尔功勋奖章。

11 月 14 日，在柏林举办他的作品朗诵会。

12 月初，赫拉巴尔因病住进布洛夫卡医院。

1997 年（作家去世）

2 月 3 日下午，博·赫拉巴尔从布洛夫卡医院第五层楼坠落身亡。

2000 年（作家去世 3 年）

5 月 23 日下午，“赫拉巴尔生平及作品世界巡回展”在捷克驻华使馆举办。

2003 年（作家去世 6 年）

1 月，刘星灿主编的“赫拉巴尔精品集”两部，由北京中国青年出版社历经七年艰辛重点推出，其中包括中篇小说《过于喧嚣的孤独》、短篇小说集《底层的珍珠》和长篇小说《我曾侍候过英国国王》，译者是杨乐云、星灿、劳白、万世荣。作品出版后，即向台湾大块文化出版股份有限公司转让翻译版权。自此，赫拉巴尔其人在中国大陆与台湾海峡两岸声名鹊起，其作品得到广泛传播。

2004 年（作家去世 7 年）

5 月，由中国青年出版社出版、刘星灿主编的“赫拉巴尔精品集”又增添三个品种，它们是长篇小说“传记体三部曲”（《婚宴》《新生活》《林中小屋》）和短篇小说集《巴比代尔们》、“谈话、小品、札记选”《我是谁》，译者是杨乐云、星灿、劳白、万世荣。

2006年（作家去世9年）

1月25日，由徐伟珠翻译的中篇小说《严密监视的列车》、散文《我的猫们》及“访谈两篇”，刊发在北京《世界文学》杂志第1期（总第304期）。

2007年（作家去世10年）

9月，为纪念伟大作家赫拉巴尔去世十周年，中国青年出版社再邀著名捷克文学翻译家万世荣、星灿、劳白、杨乐云四位，着力推出作家的另一部代表作长篇小说三部曲《河畔小城》，其中包括《一缕秀发》《甜甜的忧伤》《哈乐根的数百万》。

2010年（作家去世13年）

6月，由捷克作家托马什·马扎尔撰写的传记《你读过赫拉巴尔吗》，经刘星灿翻译，在中国青年出版社出版。

2011年（作家去世14年）

10月，赫拉巴尔的《过于喧嚣的孤独》和《我曾侍候过英国国王》由北京十月文艺出版社出版精装单行本。

图书在版编目 (CIP) 数据

过于喧嚣的孤独 / (捷克) 赫拉巴尔著 ; 杨乐云译
. — 2版 . — 北京 : 北京十月文艺出版社，2017.3 (2025.11重印)
ISBN 978-7-5302-1452-7

Ⅰ . ①过… Ⅱ . ①赫… ②杨… Ⅲ . ①中篇小说—捷
克—现代 Ⅳ . ①I524.45

中国版本图书馆 CIP 数据核字 (2014) 第 250357 号

过于喧嚣的孤独
GUOYU XUANXIAO DE GUDU
[捷克] 博胡米尔・赫拉巴尔 (Bohumil Hrabal) 著　杨乐云　译

出　　版　北京出版集团公司
　　　　　北京十月文艺出版社
地　　址　北京北三环中路 6 号
邮　　编　100120
网　　址　www.bph.com.cn
发　　行　新经典发行有限公司
　　　　　电话 (010) 68423599
经　　销　新华书店
印　　刷　河北鹏润印刷有限公司
版　　次　2017年3月第2版
印　　次　2025年11月第25次印刷
开　　本　850 毫米 ×1168 毫米 1/32
印　　张　8
字　　数　126 千字
书　　号　ISBN 978-7-5302-1452-7
定　　价　32.00 元
质量监督电话　010-58572393
如有印装质量问题，由本社负责调换。